一蓑烟雨任平生

季羡林 著

海峡出版发行集团 THE STRAITS PUBLISHING & DISTRIBUTING GROUP | 鹭江出版社 LUJIANG PUBLISHING HOUSE

2016年·厦门

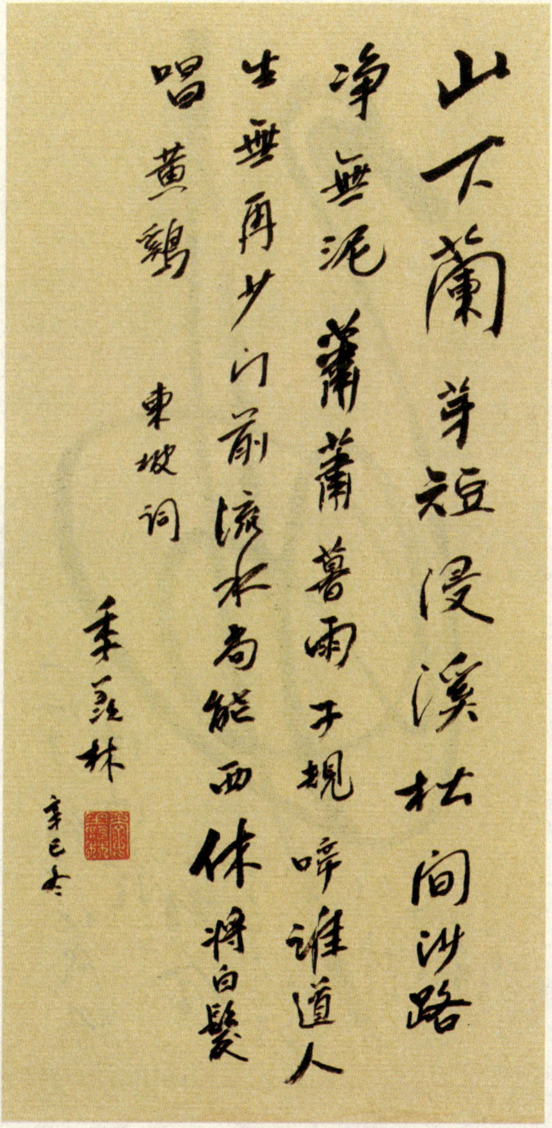
山下蘭芽短浸溪松間沙路
净無泥蕭蕭暮雨子規啼誰道人
生無再少门前流水尚能西休將白髮
唱黃鷄
東坡词
季羡林
辛巳冬

季羡林书法作品

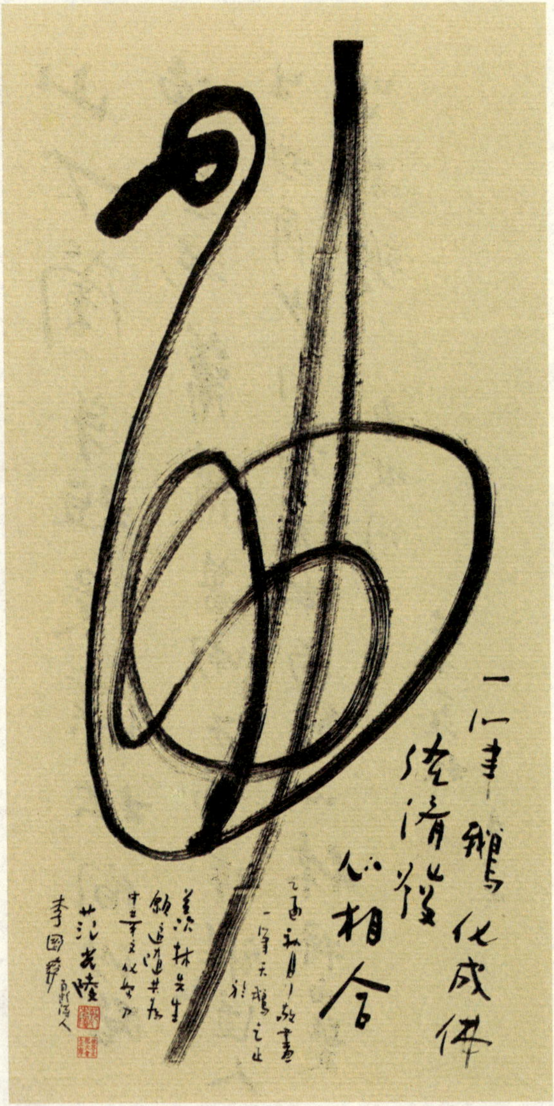

《一笔鹅》范光陵书画精品　范光陵单独送给季羡林的礼品

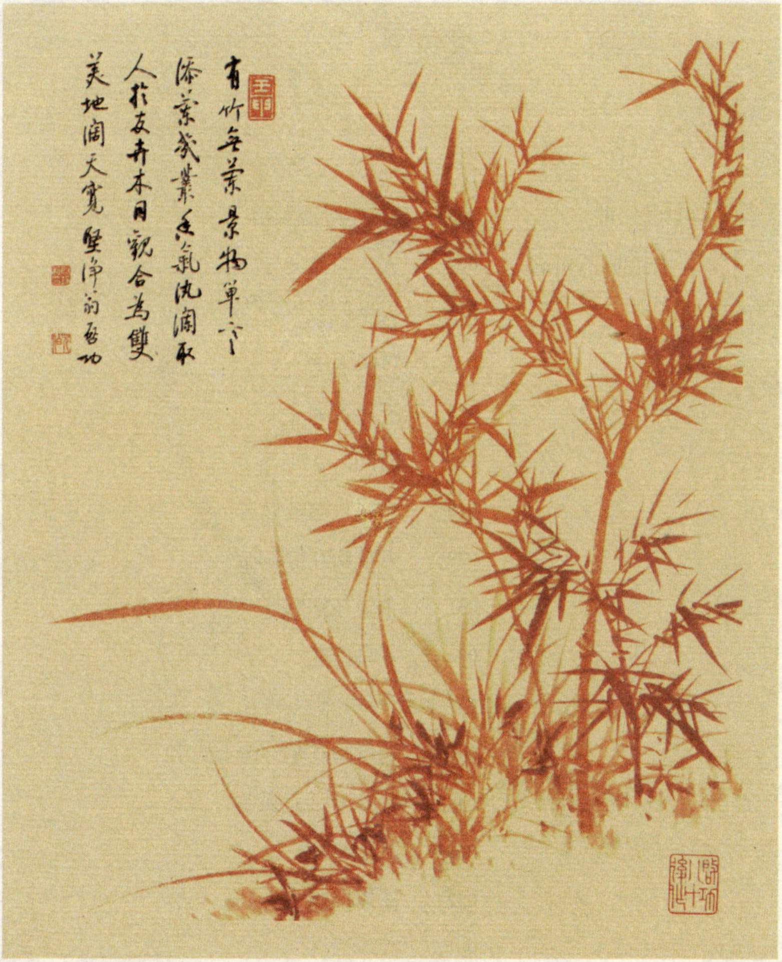

启功《竹》

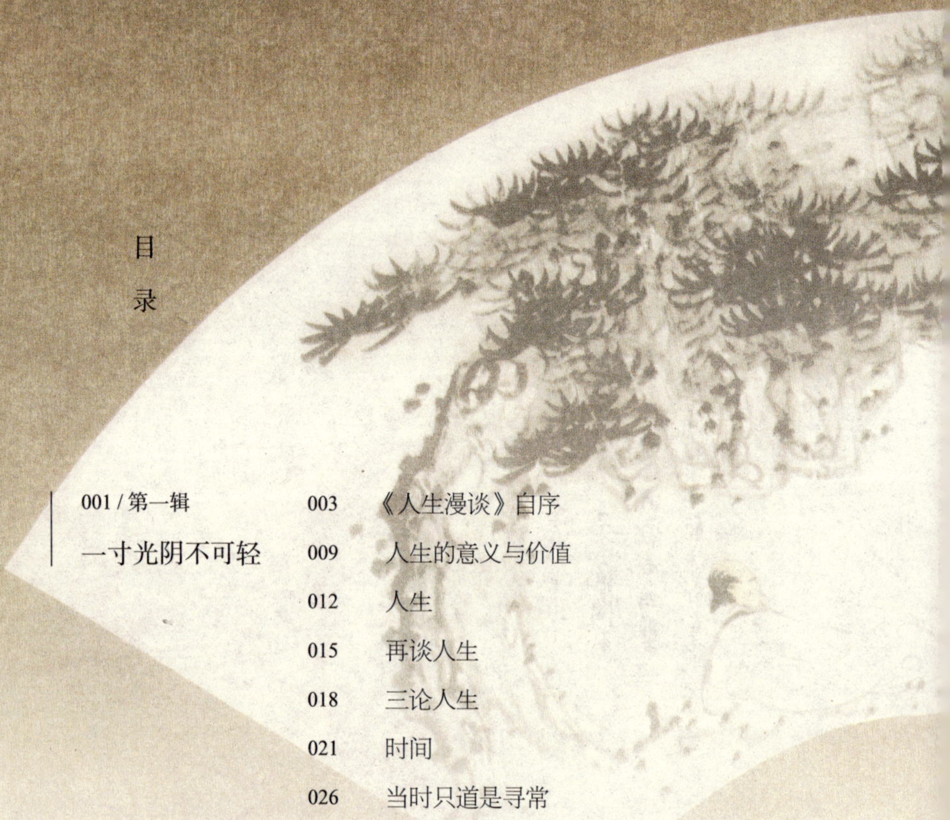

目录

* 图为张大千画

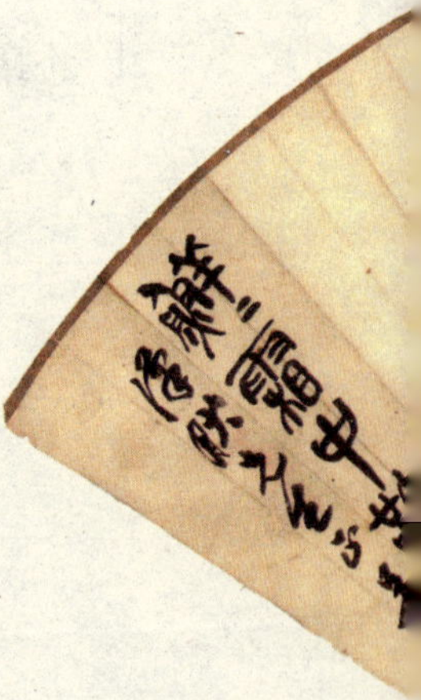

* 图为吴昌硕画

第一辑

一寸光阴不可轻

《人生漫谈》自序

约莫在三年前，我接到上海《新民晚报》“夜光杯”版的编辑贺小钢（我不加“同志”“女士”“小姐”等敬语，原因下面会说到的）的来信，约我给“夜光杯”写点文章。这实获我心。专就发行量来说，《新民晚报》在全国是状元，而且已有将近七十年的历史，在全国有口皆碑，谁写文章不愿意让多多益善的读者读到呢？我立即回信应允，约定每篇文章一千字，每月发两篇，主题思想是小钢建议的。我已经是一个耄耋老人，人生经历十分丰富，写点“人生漫谈”（原名“絮语”，因为同另一本书同名，改）之类的千字文，会对读者有些用处的。我认为，这话颇有道理，我确已经到了望九之年。古代文人（我非武人，只能滥竽文人之列）活到这个年龄的并不多，而且我还经历了中国几个朝代，甚至“有幸”当了两个多月的宣统皇帝的臣民。我走遍了世界三十多个国家，应该说是识多见广，识透了芸芸众生相。如果我倚老卖老的话，我也有资格对青年们说："我吃过的盐比你们吃的面还多，我走过的桥比你们走过的路还长。"因此，写什么"人生漫谈"，是颇有条件的。

这种千字文属于杂文之列。据有学问的学者说，杂文必有所讽刺，应当锋利如匕首，行文似击剑。在这个行当里，鲁迅是公认的大家。但是，鲁迅所处的时代是阴霾蔽天、黑云压城的时代，讽刺确有对象，而且俯拾即是。今天已经换了人间，杂文这种形式还用得着吗？若干年前，中国文坛上确实讨论过这个问题。事不关己，高高挂起。我并没有怎样认真注意讨论的过程和结果。现在忽然有了这样一个意外的机会，对这个问题我就不能不加以考虑了。

自从改革开放以来，二十年内，原先那一种什么事情都要搞群众运动，一次搞七八年，七八年搞一次的十分令人费解的时代，已经一去不复返了。光天化日，乾坤朗朗，在政治、经济、文化、教育等各个方面都有了显著的进步和变化。人民的生活有了提高，人们的心情感到了舒畅。这个事实是谁也否定不了的。但是，天底下闪光的不都是金子。上面提到的那一些方面，阴暗面还是随处可见的。社会的伦理道德水平还有待于提高，人民的文化素质还有待于改善，丑恶的行为比比皆是。总之一句话，杂文时代并没有过去，匕首式的杂文、投枪式的抨击，还是十分必要的。

谈到匕首和投枪，我必须做一点自我剖析。我舞笔弄墨，七十年于兹矣。但始终认为，这是自己的副业，我从未敢以作家自居。在我心目中，作家是一个十分光荣的称号，并不是人人都能成为作家的。我写文章，只限于散文、随笔之类的东西，无论是抒情还是叙事，都带有感情的色彩或者韵味。在这方面，自己颇有一点心得和自信。至于匕首或投枪式的杂文，则绝非自己之所长。像鲁迅的杂文，只能是我崇拜的对象，自己绝不敢染指的。

还有一种文体，比如随感录之类的东西，这里要的不是匕首和投枪，而是哲学的分析，思想的深邃与精辟。这又非我之所长。我对哲学家颇有点不敬。我总觉得，哲学家们的分析细如毫毛，深如古井，玄之又玄，玄妙无门，在没有办法时，则乞灵于修辞学。这非我之所能，亦非我之所愿。

悲剧就出在这里。小钢交给我的任务，不属于前者，就属于后者。俗话说，扬长避短。我在这里却偏偏扬短避长。这是我自投罗网，奈之何哉！

小钢当然并没有规定我怎样怎样写，这一出悲剧的产生，不由于环境，而由于性格。就算是谈人生经历吧，我本来也可以写“今天天气，哈，哈，哈”一类的文章的，这样谁也不得罪，读者读了晚报上的文章，可以消遣，可以催眠。我这个作者可以拿到稿费。双方彼此彼此，各有所获，心照不宣，各得其乐。这样岂不是天下太平、宇宙和合了吗？

然而不行。我有一股牛劲，有一个缺点：总爱讲话，而且讲真话。谎话我也是说的，但那是不得已而为之的，更多的还是讲真话。稍有社会经历的人都能知道，讲真话是容易得罪人的，何况好多人养成了“对号入座”的习惯，完全像阿Q一样，忌讳极多。我在上面已经说到过，当前的社会还是有阴暗面的，我见到了，如果闷在心里不说，便如骨鲠在喉，一吐为快。我的文字虽然不是匕首，不像投枪，但是，说不定什么时候就会碰到某一些人物的疮疤。在我完全不知道的情况下，就树了敌，结了怨，这是我咎由自取，怪不得他人。

至于另一种文体，那种接近哲学思辨的随感录，本非我之所长，因而写得不多。这些东西会受到受过西方训练的中国哲学家们的指责。但他们的指责我不但不以为耻，而且引以为荣。如果受到他们的赞扬，我将斋戒沐浴，痛自忏悔，搜寻我的“活思想”，以及“灵魂深处的一闪念”，坚决、彻底、干净、全部地痛改前非，以便不同这些人同流合污。讲到哲学，如果非让我加以选择不行的话，我宁愿选择中国古代哲学家的表达方式，不是分析，分析，再分析，而是以生动的意象，凡人的语言，综合的思维模式，貌似模糊而实颇豁亮，能给人以总体的概念或者印象。不管怎么说，写这类的千字文我也绝非内行里手。

把上面讲的归纳起来看一看，写以上说的两类文章，都非我之所长。幸而其中有一些文章不属于以上两类，比如谈学习外语等那一些篇，可能对读者还有一些用处。但是，总起来看，在最初阶段，我对自己所写的东西信心是不大的，有时甚至想中止写作，另辟途径。常言道，实践是检验真理的唯一标准。出我意料，社会上对这些千字文反应不错。我时常接到一些来信，赞成我的看法，或者提出一些问题。从报纸杂志上来看，有的短文——数目还不是太小——被转载，连一些僻远地区也不例外。这主要应该归功于《新民晚报》的威信；但是，自己的文章也不能说一点作用都没有起。这情况当然会使我高兴。于是坚定了信心，继续写了下去。一写就是三年，文章的篇数已经达到七十篇了。

对于促成这一件不无意义的工作的《新民晚报》“夜光杯”栏的编辑贺小钢，我从来没有对于性别产生疑问，我也从来没有考虑过这个问题。试想钢是很硬的金属，即使是“小钢”吧，仍然是钢。贺小钢一定是一位身高丈二的赳赳武夫。我的助手李玉洁想的也完全同我一样，没有产生过任何怀疑。通信三年，没有见过面。今年春天，有一天，上海来了两位客人。一见面当然是先请教尊姓大名，其中有一位年轻女士，身材苗条，自报名姓：“贺小钢”。我同玉洁同时一愣，认为自己的耳朵出了问题，连忙再问，回答仍然是“贺小钢”。为了避免误会，还说明了身份：上海《新民晚报》“夜光杯”的编辑。我们原来认为是男子汉大丈夫的却是一位妙龄靓女，我同玉洁不禁哈哈大笑。小钢有点莫名其妙。我们连忙解释，她也不禁陪我们大笑起来。古诗《木兰辞》中说："同行十二年，不知木兰是女郎。"这是古代的事，无可疑怪。现在是信息爆炸的时代，上海和北京又都是通都大邑，竟然还闹出了这样的笑话，我们难道还能不哈哈大笑吗？这也可能算是文坛——如果我们可能都算是在文坛上的话——上的一点花絮吧。

就这样，我同《新民晚报》"夜光杯"的文字缘算是结定了，我同小钢的文字缘算是结定了。只要我还能拿得起笔，只要脑筋还患不了痴呆症，我将会一如既往写下去的。既然写，就难免不带点刺儿。万望普天下文人贤士千万勿"对号入座"，我的刺儿是针对某一个现象的，决不针对某一个人。特此昭告天下，免伤和气。

1999 年 8 月 31 日

人生的意义与价值

当我还是一个青年大学生的时候，报刊上曾刮起一阵讨论人生的意义与价值的微风，文章写了一些，议论也发表了一通。我看过一些文章，但自己并没有参加进去。原因是，有的文章不知所云，我看不懂。更重要的是，我认为这种讨论本身就无意义，无价值，不如实实在在地干几件事好。

时光流逝，一转眼，自己已经到了望九之年，活得远远超过了我的预算。有人认为长寿是福，我看也不尽然。人活得太久了，对人生的种种相，众生的种种相，看得透透彻彻，反而鼓舞时少，叹息时多。远不如早一点离开人世这个是非之地，落一个耳根清净。

那么，长寿就一点好处都没有吗？也不是的。这对了解人生的意义与价值，会有一些好处的。

根据我个人的观察，对世界上绝大多数人来说，人生一无意义，二无价值。他们也从来不考虑这样的哲学问题。走运时，手里攥满了钞票，白天两顿美食城，晚上一趟卡拉 OK，玩一点小权术，耍一点小聪明，甚至恣睢骄横，飞扬跋扈，昏昏沉沉，浑浑噩噩，等到钻入了骨灰盒，也不明白自己为什么活过一生。

其中不走运的则穷困潦倒，终日为衣食奔波，愁眉苦脸，长吁短叹。即使日子还能过得去的，不愁衣食，能够温饱，然而也终日忙忙碌碌，被困于名缰，被缚于利锁。同样是昏昏沉沉，浑浑噩噩，不知道为什么活过一生。

对这样的芸芸众生，人生的意义与价值从何处谈起呢？

我自己也属于芸芸众生之列，也难免浑浑噩噩，并不比任何人高一丝一毫。如果想勉强找一点区别的话，那也是有的：我，当然还有一些别的人，对人生有一些想法，动过一点脑筋，而且自认这些想法是有点道理的。

我有些什么想法呢？话要说得远一点。当今世界上战火纷飞，人欲横流，“黄钟毁弃，瓦釜雷鸣”，是一个十分不安定的时代。但是，对于人类的前途，我——是一个乐观主义者。我相信，不管还要经过多少艰难曲折，不管还要经历多少时间，人类总会越变越好的，人类大同之域决不会仅仅是一个空洞的理想。但是，想要达到这个目的，必须经过无数代人的共同努力。有如接力赛，每一代人都有自己的一段路程要跑。又如一条链子，是由许多环组成的，每一环从本身来看，只不过是微末不足道的一点东西；但是没有这一点东西，链子就组不成。在人类社会发展的长河中，我们每一代人都有自己的任务，而且是绝非可有可无的。如果说人生有意义与价值的话，其意义与价值就在这里。

但是，这个道理在人类社会中只有少数有识之士才能理解。鲁迅先生所称之“中国的脊梁”，指的就是这种人。对于那些肚子里吃满了肯德基、麦当劳、比萨饼，到头来终不过是浑浑噩噩的人来说，有如夏虫不可语于冰，这些道理是没法谈的。他们无法理解自己对人类发展所应当承担的责任。

话说到这里，我想把上面说的意思简短扼要地归纳一下：如果人生真有意义与价值的话，其意义与价值就在于对人类发展的承上启下、承前启后的责任感。

1995 年

人生

在一个“人生漫谈”的专栏*中，首先谈一谈人生，似乎是理所当然的，未可厚非的。

而且我认为，对于我来说，这个题目也并不难写。我已经到了望九之年，在人生中已经滚了八十多个春秋了。一天天面对人生，时时刻刻面对人生，让我这样一个世故老人来谈人生，还有什么困难呢？岂不是易如反掌吗？

但是，稍微进一步一琢磨，立即出了疑问：什么叫人生呢？我并不清楚。

不但我不清楚，我看芸芸众生中也没有哪一个人真清楚的。古今中外的哲学家谈人生者众矣。什么人生意义，又是什么人生的价值，花样繁多，扑朔迷离，令人眼花缭乱；然而他们说了些什么呢？恐怕连他们自己也是越谈越糊涂。以己之昏

---

* 指作者1996年起在上海《新民晚报》副刊“夜光杯”开设的个人专栏。

昏，焉能使人昭昭！

哲学家的哲学，至矣高矣。但是，恕我大不敬，他们的哲学同吾辈凡人不搭界，让这些哲学，连同它们的“家”，坐在神圣的殿堂里去独现辉煌吧！像我这样一个凡人，吃饱了饭没事儿的时候，有时也会想到人生问题。我觉得，我们“人”的“生”，都绝对是被动的。没有哪一个人能先制订一个诞生计划，然后再下生，一步步让计划实现。只有一个人是例外，他就是佛祖释迦牟尼。他住在天上，忽然想降生人寰，超度众生。先考虑要降生的国家，再考虑要降生的父母。考虑周详之后，才从容下降。但他是佛祖，不是吾辈凡人。

吾辈凡人的诞生，无一例外，都是被动的，一点主动也没有。我们糊里糊涂地降生，糊里糊涂地成长，有时也会糊里糊涂地夭折，当然也会糊里糊涂地寿登耄耋，像我这样。

生的对立面是死。对于死，我们也基本上是被动的。我们只有那么一点主动权，那就是自杀。但是，这点主动权却是不能随便使用的。除非万不得已，是决不能使用的。

我在上面讲了那么些被动，那么些糊里糊涂，是不是我个人真正欣赏这一套，赞扬这一套呢？否，否，我决不欣赏和赞扬。我只是说了一点实话而已。

正相反，我倒是觉得，我们在被动中，在糊里糊涂中，还是能够有所作为的。我劝人们不妨在吃饱了燕窝鱼翅之后，或者在吃糠咽菜之后，或者在卡拉OK、高尔夫之后，问一问自己：你为什么活着？活着难道就是为了恣睢的享受吗？难道就是为了忍饥受寒吗？问了这些简单的问题之后，会使你头脑清醒一点，会减少一些糊涂。谓予不信，请尝试之。

1996年11月9日

再谈人生

人生这样一个变幻莫测的万花筒，用千把字来谈，是谈不清楚的。所以来一个“再谈”。

这一回我想集中谈一下人性的问题。

大家知道，中国哲学史上，有一个不大不小的争论问题：人是性善，还是性恶？这两个提法都源于儒家。孟子主性善，而荀子主性恶。争论了几千年，也没有争论出一个名堂来。

记得鲁迅先生说过：“人的本性是，一要生存，二要温饱，三要发展。”（记错了，由我负责。）这同中国古代一句有名的话，精神完全是一致的：“食色，性也。”食是为了解决生存和温饱的问题，色是为了解决发展问题，也就是所谓传宗接代。

我看，这不仅仅是人的本性，而且是一切动植物的本性。试放眼观看大千世界，林林总总，哪一个动植物不具备上述三个本能？动物姑且不谈，只拿距离人类更远的植物来说，“桃李无言”，它们不但不能行动，连发声也发不出来。然而，它们求生存和发展的欲望，却表现得淋漓尽致。桃李等结甜果子的植物，为什么结甜果子呢？无非是想让人和其他能行动的动物吃了甜果子把核带到远的或近的其他地方，落到地上，生入土中，能发芽、开花、结果，达到发展，即传宗接代的目的。

你再观察，一棵小草或其他植物，生在石头缝中，或者甚至压在石头块下，缺水少光，但是它们却以令人震惊得目瞪口呆的毅力，冲破了身上的重压，弯弯曲曲地、忍辱负重地长了出来，由细弱变为强硬，由一根细苗甚至变成一棵大树，再作为一个独立体，继续顽强地实现那三种本性。“下自成蹊”，就是“无言”的结果吧。

你还可以观察，世界上任何动植物，如果放纵地任其发挥自己的本性，则在不太长的时间内，哪一种动植物也能长满塞满我们生存的这一个小小的星球地球。那些已绝种或现在濒临绝种的动植物，属于另一个范畴，另有其原因，我以后还会谈到。

那么，为什么到现在还没有哪一种动植物——包括万物之灵的人类在内——能塞满了地球呢？

在这里，我要引老子的话：“天地不仁，以万物为刍狗。”是造化小儿——谁也不知道，他究竟有没有？他究竟是什么样子？我不信什么上帝，什么天老爷，什么大梵天，宇宙间没有他们存在的地方。

但是，冥冥中似乎应该有这一类的东西，是他或它巧妙计算，不让动植物的本性光合得逞。

1996 年 11 月 12 日

三论人生

上一篇《再论》戛然而止，显然没有能把话说完，所以再来一篇《三论》。

造化小儿对禽兽和人类似乎有点区别对待的意思。它给你生存的本能，同时又遏制这种本能，方法或者手法颇多。制造一个对立面似乎就是手法之一，比如制造了老鼠，又制造它的天敌——猫。

对于人类，它似乎有点优待。它先赋予人类思想（动物有没有思想和言语是一个有争论的问题），又赋予人类良知良能。关于人类本性，我在上面已经谈到。我不大相信什么良知，什么“恻隐之心，人皆有之”，但是我又无从反驳。古人说：“人之所以异于禽兽者几希。”“几希”者，极少极少之谓也。即使是极少极少，总还是有的。我个人胡思乱想，我觉得，在对待生物的生存、温饱、发展的本能的态度上，就存在着一点点“几希”。

我们观察，老虎、狮子等猛兽，饿了就要吃别的动物，包括人在内。它们绝没有什么恻隐之心，绝没有什么良知。吃的时候，它们也绝不会像人吃人的时候那样，有时还会捏造一些我必须吃你的道理，做好“思想工作”。它们只是吃开了，吃饱为止。人类则有所不同。人与人当然也不会完全一样。有的人确实能够遏制自己求生的本能，表现出一定的良知和一定的恻隐之心。古往今来的许多仁人志士，都是这方面的好榜样。他们为什么能为国捐躯？为什么能为了救别人而牺牲自己的性命？鲁迅先生所说的“中国的脊梁”，就是这样的人。孟子所谓的“浩然之气”，只有这样的人能有。禽兽中是决不会有什么“脊梁”，有什么“浩然之气”的，这就叫作“几希”。

但是人也不能一概而论，有的人能够做到，有的人就做不到。像曹操说：“宁教我负天下人，休教天下人负我！”他怎能做到这一步呢？

说到这里，就涉及伦理道德问题。我没有研究过伦理学，不知道怎样给道德下定义。我认为，能为国家，为人民，为他人着想而遏制自己的本性的，就是有道德的人。能够百分之六十为他人着想，百分之四十为自己着想，他就是一个及格的好人。为他人着想的百分比越高越好，道德水平越高。百分之百，所谓“毫不利己、专门利人”的人是绝无仅有的。反之，为自己着想而不为他人着想的百分比，越高越坏。到了曹操那样，就算是坏到了顶。毫不利人、专门利己的人，普天之下倒是不老少的。说这话，有点泄气。无奈这是事实，我有什么办法?

1996 年 11 月 13 日

时间

一抬头，就看到书桌上座钟的秒针在一跳一跳地向前走动。它那里一跳，我的心就一跳。孔子说：“逝者如斯夫，不舍昼夜！”这里指的是水。水永远不停地流逝，让孔夫子吃惊兴叹。我的心跳，跳的是时间。水是能看得见、摸得着的。时间却是看不见、摸不着的，它的流逝你感觉不到，然而确实是在流逝。现在我眼前摆上了座钟，它的秒针一跳一跳，让我再清楚不过地看到了时间的流逝，焉能不心跳？焉能不兴叹呢？

远古的人大概是很幸福的。他们日出而作，日入而息，根据太阳的出没来规定自己的活动。即使能感到时间的流逝，也只在依稀隐约之间。后来，他们聪明了，根据太阳光和阴影的推移，把时间称作光阴。再后来，人们的聪明才智更提高了，用铜壶滴漏的办法来显示和测定时间的推移，这是用人工来抓住看不见摸不着的时间的尝试。到了近几百年，人类发明了钟表，把时间的存在与流逝清清楚楚地摆在每一个人的面前。这是人类文明进步的表现。但是，正如人们常说的那样“有一利必有一弊”，人类成了时间的奴隶，成了手表的奴隶。现在各种各样的会极多，开会必须规定时间，几点几分，不能任意伸缩。如果参加重要的会而路上偏偏赶上堵车，任你怎样焦急，怎样频频看手表，都是白搭。这不是典型的时间的奴隶又是什么呢？然而，话又说了回来，在今天头绪纷纭杂乱有章的社会里，开会不定时间，还像古人那样“日出而作，日入而息”，优哉游哉，顺帝之则，今天的社会还能运转吗？不管你愿意不愿意，成为时间的奴隶就正是文明的表现。

不管你意识到还是没有意识到，大自然还是把虚无缥缈的时间用具体的东西暗示给了人们。比如，用日出日落标志出一天，用月亮的圆缺标志出一月，用四季（在印度是六季或者两季）标志出一年。农民最关心这些问题，一年二十四个节气对他们种庄稼有重要意义。在自然科学家和哲学家眼中，时间具有另外的意义。他们说，大千世界，人类万物，都生长在时间和空间内，而时间是无头无尾的，空间是无边无际的。我既不是自然科学家，也不是哲学家，对无头无尾和无边无际实在难以理解。可是不这样又能怎样呢？如果时间有了头尾，头以前尾以后又是什么呢？因此，难以理解也只得理解，此外更没有其他途径。

生与死也属于时间范畴。一般人总是把生与死绝对对立起来。但是，中国古代的道家却主张“万物方生方死”，把生与死辩证地联系在一起，而且准确无误地道出了生即是死的关系。随着座钟秒针的一跳，我自己就长了无法用言语表达出来的那么一点点儿。同时也就是向着死亡走近了那么一点点儿。不但我是这样，现在正是初夏，窗外的玉兰花、垂柳和深埋在清塘里的荷花，也都长了那么一点点儿。不久前还是冰封的湖水，现在是“风乍起，吹皱一池夏水”，波光潋滟，水色接天。岸上的垂杨，从光秃秃的枝条上逐渐长出了小叶片，一转瞬间，出现了一片鹅黄；再一转瞬，就是一片嫩绿，现在则是接近浓绿了。小山上原来是一片枯草，“一夜东风送春暖，满山开遍二月兰”。今年是二月兰的大年，山上地下，只要有空隙，二月兰必然出现在那里，座钟的秒针再跳上多少万次，二月兰即将枯萎，也就是走向暂时的死亡了。所有这些东西，都是方生方死。这是自然的规律，不可逆转的。

印度人是聪明的，他们把时间和死亡视为一物。梵文 hāla，既是“时间”，又是“死亡或死神”。《罗摩衍那》的主人公罗摩，在活了极长的时间以后，hāla 走上门来，这表示他就要死亡了。罗摩泰然处之，既不“饮恨”，也不“吞声”。他知道这是自然规律，人类是无能为力的。我们今天知道，不但人类是这样，世界上万事万物都有始有终，无一例外。“顺其自然”是最好的办法。我在这里顺便说一下。在梵文里，动词

“死”的字根是 mn；但是此字不用 manati 来表示现在时，而是用被动式 mniyati（ti），这表示，印度人认为“死”是被动的，主动自杀者究属少数。

同印度人比较起来，中国人大概希望争取长生。越是有钱有势的人越希望活下去，在旧社会里生活在水深火热中的小百姓，决不会愿意长远活下去的。而富有天下的天子则热切希望长生。中国历史上几位有名的英主，莫不如此。秦始皇和汉武帝都寻求不死之药或者仙丹什么的。连唐太宗都是服用了印度婆罗门的“仙药”而中毒身亡的。老百姓书呆子中也有寻求肉身升天的，而且连鸡犬都带了上去。我这个木头脑袋瓜真想也想不通。如果真有那么一个“天”的话，人数也不会太多。升到那里去干些什么呢？那里不会有官僚衙门，想走后门靠贿赂来谋求升官，没有这个可能。那里也不会有什么市场，什么 WTO，想发财也英雄无用武之地。想打麻将，唱卡拉 OK，唱几天，打几天，还是会有兴趣的，但让你一月月一年年永远打下去，你受得了吗？养鸡喂狗，永远喂下去，你也受不了。“不为无益之事，何以遣有涯之生！”无益之事天上没有。在天上待长了，你一定会自杀的。苏东坡说：“起舞弄清影，何似在人间！”是有见地之言。我们还是老老实实待在人间吧。

要待在人间，就必须受时间的制约。在时间面前，人人平等。如果想不通我在上面说的那一些并不深奥的道理，时间就变成了枷锁，让你处处感到不舒服。但是，如果真想通了，则戴着枷锁跳舞反而更能增加一些意想不到的兴趣。我自认是想通了。现在照样一抬头就看到书桌上座钟的秒针一跳一跳地向前走动，但是我的心却不跳了。我觉得这是时间给我提醒儿，让我知道时间的价值。“一寸光阴不可轻”，朱子这一句诗对我这个年过九十的老头儿也是适用的。

2002 年 3 月 31 日

当时只道是寻常

这是一句非常明白易懂的话，却道出了几乎人人都有的感觉。所谓“当时”者，指人生过去的某一个阶段。处在这个阶段中时，觉得过日子也不过如此，是很寻常的。过了十几二十年或者更长的时间，回头一看，当时实在有不寻常者在。因此有人，特别是老年人，喜欢在回忆中生活。

在中国，这种情况更比较突出，魏晋时代的人喜欢做羲皇上人。这是一种什么心理呢？“鸡犬之声相闻，而老死不相往来”，真就那么好吗？人类最初不会种地，只是采集植物，猎获动物，以此为生。生活是十分艰苦的。这样的生活有什么可向往的呢！

然而，根据我个人的经验，发思古之幽情，几乎是每个人都有的。到了今天，沧海桑田，世界有多少次巨大的变化。人们思古的情绪却依然没变。我举一个具体的例子。十几年前，我重访了我曾待过十年的德国哥廷根。我的老师瓦尔德施密特教授夫妇都还健在。但已今非昔比，房子捐给梵学研究所，汽车也已卖掉。他们只有一个独生子，二战中阵亡。此时老夫妇二人孤零零地住在一座十分豪华的养老院里。院里设备十分齐全，游泳池、网球场等一应俱全。但是，这些设备对七八十岁、八九十岁的老人有什么用处呢？让老人们触目惊心的是，每隔一段时间就有某一个房号空了出来，主人见上帝去了。这对老人们的刺激之大是不言而喻的。我的来临大出教授的意料，他简直有点喜不自胜的意味。夫人摆出了当年我在哥廷根时常吃的点心。教授仿佛返老还童，回到了当年去了。他笑着说："让我们好好地过一过当年过的日子，说一说当年常说的话！"我含着眼泪离开了教授夫妇，嘴里说着连自己都不相信的话："过几年，我还会来看你们的。"

我的德国老师不会懂"当时只道是寻常"的隐含的意蕴，但是古今中外人士所共有的这种怀旧追忆的情绪却是有的。这种情绪通过我上面描述的情况完全流露出来了。

仔细分析起来，"当时"是很不相同的。国王有国王的"当时"，有钱人有有钱人的"当时"，平头老百姓有平头老百姓的"当时"。在李煜眼中，"当时"是车如流水马如龙，花月正春风游上林苑的"当时"。对此，他没有别的办法，只有哀叹"天上人间"了。

我不想对这个概念再进行过多的分析。本来是明明白白的一点真理，过多的分析反而会使它迷离模糊起来。我现在想对自己提出一个怪问题：你对我们的现在，也就是眼前这个现在，感觉到是寻常呢还是不寻常？这个“现在”，若干年后也会成为“当时”的。到了那时候，我们会不会说“当时只道是寻常”呢？现在无法预言。现在我住在医院中，享受极高的待遇。应该说，没有什么不满足的地方。但是，倘若扪心自问：“你认为是寻常呢，还是不寻常？”我真有点说不出，也许只有到了若干年后，我才能说：“当时只道是寻常。”

2003 年 6 月 20 日

芳林新叶催陈叶

每年一到秋天，我们就看到落叶辞树；一到春天，又看到新叶生枝。自从地球上有了树木以来，多少万年就是这样变化着，而且还会继续变化下去。我们古人把这情况总结成了一句话，叫作：芳林新叶催陈叶。

我们看到河流或者大海，就会看到一浪跟着一浪，永不间断。自从地球上有了海河以来，多少万年就是这样变化着，还会变化下来。孔夫子说："逝者如斯夫，不舍昼夜。"我们古人也把这情况总结成一句话，叫作：长江后浪推前浪。

我们的学校工作也是这样。我们每年欢送毕业生，又每年欢迎新学生。自从地球上有学校以来，情况就是这样，而且也还会继续下去。

但是我们对这送旧迎新的工作，往往不去深思——"司空见惯浑闲事"——我们见惯了。年轻的要考大学的同学们大概也见惯了，我们都变成了"司空"。

如果我们从我上面讲到的新叶与陈叶的关系、后浪与前浪的关系来看，联系到我们今天的建设工作，那么我们会感到送旧迎新，意义深远。新陈代谢，是宇宙的永恒规律。社会主义建设又绝非一朝一夕所能奏效。在这里，我们既有陈叶，又有新叶；既有前浪，又有后浪。新陈相继，前后相推，才能保证我们事业的发展和胜利。

今天我们大学招生的对象是想入大学的青年，你们现在都属于新叶，都属于后浪。既然是新叶，就必须有朝气蓬勃的精神；既然是后浪，就必须有催赶前浪的劲头。建设社会主义伟大而艰巨的工作，陈叶和前浪当然都要积极努力；但从长远来看，重担将要落到你们肩上，落到你们这些新叶和后浪的肩上。

我们北京大学，和其他大学一样，热烈欢迎你们来参加我们学习的行列，燕园的大门正向你们敞开着。有志于承担祖国社会主义建设伟大又艰巨的工作的青年们，来吧！——来呀！

1982年3月29日

希望在你们身上

人类社会的进步，有如运动场上的接力赛。老年人跑第一棒，中年人跑第二棒，青年人跑第三棒。各有各的长度，各有各的任务，互相协调，共同努力，以期获得最后胜利。这里面并没有高低之分，而只有前后之别。老年人不必“倚老卖老”，青年人也不必“倚少卖少”；老年人当然先走，青年人也会变老。如此循环往复，流转不息。这是宇宙和人世间的永恒规律，谁也改变不了一丝一毫。所谓社会的进步，就寓于其中。

中国古话说：“长江后浪推前浪，世上新人换旧人。”像我这样年届耄耋的老朽，当然已是“旧人”。我们可以说是已经交了棒，看你们年轻人奋勇向前了。但是我们虽无棒在手，也绝不会停下不走，“坐以待毙”；我们仍然要焚膏继晷，献上自己的余力，跟中青年人同心协力，把我们国家的事情办好。

我说的这一番道理，迹近老生常谈，然而却是真理。人世间的真理都是明白易懂的。可是，芸芸众生，花花世界，浑浑噩噩者居多，而明明白白者实少。你们青年人感觉敏锐，英气蓬勃，首先应该认识这个真理。要想树立正确的人生观和价值观，也必须从这里开始。换句话说就是，要认清自己在人类社会进化的漫漫长河中的地位。人类的前途要由你们来决定，祖国的前途要由你们来创造。这就是你们青年人的责任。千万不要把人生观和价值观当作一个哲学命题来讨论，徒托空谈，无补实际。一切人生观和价值观，离开了这个责任感，都是空谈。

那么，我作为一个老人，要对你们说些什么座右铭呢？你们想要从我这里学些什么经验呢？我没有多少哲理，我也讨厌说些空话、废话、假话、大话。我一无灵丹妙药，二无锦囊妙计。我只有一点明白易懂简单朴素、迹近老生常谈、又确实是真理的道理。我引一首宋代大儒朱子的诗：

少年易老学难成
一寸光阴不可轻
未觉池塘春草梦
阶前梧叶已秋声

明白易懂，用不着解释。这首诗的关键有二：一是要学习，二是要惜寸阴。朱子心目中的“学”，同我们的当然不会完全一样。这个道理也用不着多加解释，只要心里明白就行。至于爱惜光阴，更是易懂。然而真正能实行者，却不多见。

这就是一个耄耋老人对你们的肺腑之谈。

青年们，好自为之。世界是你们的。

1994年12月4日

老马识途

无论是在文章中，还是在口头上，“老马识途”是常常使用的一个典故。由于使用的频率颇高，因此而变成了一句俗语。

这个典故的出处是《韩非子·说林上》，与管仲和齐桓公有关。有一次，齐桓公伐孤竹，“春往冬反，迷惑失道。管仲曰：‘老马之智可用也。’乃放老马而随之，遂得道”。不管历史事实怎样，老马的故事是绝对可信的。不但马能识途，连驴、骡、猫、狗等动物都有识途的本领或者本能。

但是，切不可迷信。

在古代，老马等之所以能够识途，因为它们老走同一条道路，而古代道路的变化很少，道路两旁的建筑物变化也不会大。久而久之，这些牲畜就记住了。只要把缰绳放开，让它们自由行动，它们必然能找到回家的道路。也许这些牲畜还有什么“特异功能”，我没有研究过，暂且不说。

但是，人类社会前进的速度越来越快，道路和建筑物的变化也越来越大。到了今天，简直一日数变。住在大城市里的人，三天不出门，再一出门，就有可能认不清街道。原来是一片空地，现在却像幻术一样，突然矗立在你的眼前的是一座摩天高楼。原来是一条羊肠小道，现在却突然变成了一条柏油马路。会晕头转向，这不必说了。即使老马一流的动物真有“特异功能”，也将无所用其技了。

我就有一个亲身的经验。有一天，我走出北大南门到黄庄邮局去，我在海淀已经住了将近半个世纪，是这里的一匹地地道道的老马。我也颇有自信，即使把我的眼蒙住，我也能够找回家来。然而，这一回我却出了丑，现了眼。我走了一条新路，一走出去，是一条大马路，车如流水马如龙。我一时傻了眼：这是什么地方呀？我的黄庄在哪里呀！我一时目眩口呆，只觉得天昏地转，大有白天“鬼挡墙”之感。我好不容易定了定神，猛抬头看到马路上驶过去的 332 路公共汽车，我才如梦方醒，终于安全地走回到了学校。

像我这样一匹老马，脑筋是“难得糊涂”的，眼耳都还能准确地使用：然而在距北大咫尺之地竟然栽了这样一个跟头，这个跟头在我心中摔出了一个“顿悟”。我悟到，千万不要再迷信老马识途，千万不要在任何方面，包括研究学问方面以老马自居。到了现在，我觉得倒是“小马识途”。因为年轻人无所蔽，无所惧，常常出门，什么摩天大楼，什么柏油马路，在他们眼中都很平常。

我们这些老马千万要向小马学习。

1997年5月9日

一寸光阴不可轻

中华乃文章大国，北大为人文渊薮，两者实有密不可分的联系，倘机缘巧遇，则北大必能成为产生文学家的摇篮。五四运动时期是一个具体的例证，最近几十年来又是一个鲜明的例证。在这两个时期的中国文坛上，北大人灿若列星。这一个事实我想人们都会承认的。

最近若干年来，我实在忙得厉害，像50年代那样在教书和搞行政工作之余，还能有余裕的时间读点当时的文学作品的“黄金时代”一去不复返了。不过，幸而我还不能算是一个懒汉，在“内忧”、“外患”的罅隙里，我总要挤出点时间来，读一点北大青年学生的作品。《校刊》上发表的文学作品，我几乎都看。前不久我读到《北大往事》，这是北大70、80、90三个年代的青年回忆和写北大的文章。其中有些篇思想新鲜活泼，文笔清新俊逸，真使我耳目为之一新。中国古人说：“雏凤清于老凤声。”我——如果大家允许我也在其中滥竽一席的话——和我们这些“老凤”，真不能不向你们这一批“雏凤”投过去羡慕和敬佩的眼光了。

但是，中国古人又说：“满招损，谦受益。”我希望你们能够认真体会这两句话的含义。“倚老卖老”，固不足取，“倚少卖少”也同样是值得青年人警惕的。天下万事万物，发展永无穷期。人外有人，天外有天，“老子天下第一”的想法是绝对错误的。你们对我们老祖宗遗留下来的浩如烟海的文学作品必须有深刻的了解。最好能背诵几百首旧诗词和几十篇古文，让它们随时含蕴于你们心中，低吟于你们口头。这对于你们的文学创作和人文素质的提高，都会有极大的好处。不管你们现在或将来是教书、研究、经商、从政，或者是专业作家，都是如此，概莫能外。对外国的优秀文学作品，也必实下一番功夫，简练揣摩。这对你们的文学修养是绝不可少的。如果能做到这一步，则你们必然能融会中西，贯通古今，创造出更新更美的作品。

你们现在是处在“燕园幽梦”中，你们面前是一条阳关大道，是一条铺满了鲜花的阳关大道。你们要在这条大道上走上六十年，七十年，八十年，或者更多的年，为人民，为人类做出出类拔萃的贡献。但愿你们永不忘记这一场燕园梦，永远记住自己是一个北大人，一个值得骄傲的北大人，这个名称会带给你们美丽的回忆，带给你们无量的勇气，带给你们奇妙的智慧，带给你们悠远的憧憬。有了这些东西，你们就会自强不息，无往不利，不会虚度此生。这是我的希望，也是我的信念。

1998年5月3日

两行写在泥土地上的字

夜里有雷阵雨，转瞬即停。“薄云疏雨不成泥”，门外荷塘岸边，绿草坪畔，没有积水，也没有成泥，土地只是湿漉漉的。一切同平常一样，没有什么特异之处。

我早晨出门，想到外面呼吸点新鲜空气，这也同平常一样，并没有什么特异之处。然而，我的眼睛一亮，蓦地瞥见塘边泥土地上有一行用树枝写成的字：

季老好 98 级日语

回头在临窗玉兰花前的泥土地上也有一行字：

来访 98 级日语

我一时懵然，莫明其妙。还不到一瞬间，我恍然大悟：98

级是今年的新生。今天上午，全校召开迎新大会；下午，东方学系召开迎新大会。在两大盛会之前，这一群（我不知道准确数目）从未谋面的十七八九岁男女大孩子，先到我家来，带给我无法用言语形容的这一番深情厚谊。但他们恐怕是怕打扰我，便想出了这一个惊人的匪夷所思的办法，用树枝把他们的深情写在了泥土地上。他们估计我会看到的，便悄然离开了我的家门。

我果然看到他们留下的字了。我现在已经望九之年，我走过的桥比这一帮大孩子走过的路还要长，我吃过的盐比他们吃过的面还要多，自谓已经达到了“悲欢离合总无情”的境界。然而，今天，我一看到这两行写在泥土地上的字，我却真正动了感情，眼泪一下子涌出了眼眶，双双落到了泥土地上。

我是一个平凡的人，生平靠自己那一点勤奋，做出了一点微不足道的成绩。对此我并没有多大信心。独独对于青年，我却有自己一套看法。我认为，我们中年人或老年人，不应当一过了青年阶段，就忘记了自己当年穿开裆裤的样子，好像自己一生下就老成持重，对青年总是横挑鼻子竖挑眼。我们应当努力理解青年，同情青年，帮助青年，爱护青年。不能要求他们总是四平八稳，总是温良恭俭让。即使有什么“逾距”的地方，也只能耐心加以劝说，惩罚是万不得已而为之的。一个国家，一个民族，如果对自己的青年失掉了信心，那它就失掉了希望，失掉了前途。我常常这样想，也努力这样做。在风和日丽时是这样，在阴霾蔽天时也是这样。这要不要冒一点风险呢？要的。但我人微言轻，人小力薄，除了手中的一支圆珠笔以外，就只有嘴里那三寸不烂之舌，除了这样做以外，也没有别的办法。

大概就由于这些情况，再加上我的一些所谓文章，时常出现在报纸杂志上，有的甚至被选入中学教科书，于是普天下青年男女颇有知道我的姓名的。青年们容易轻信，他们认为报纸杂志上所说的都是真实的，就轻易对我产生了一种好感，一种情意。我现在几乎每天都能收到全国各地，甚至穷乡僻壤、边远地区青年们的来信，大中小学生都有。他们大概认为我无所不能，无所不通，而又颇为值得信赖，向我提出各种各样的问题，有的简直石破天惊；有的向我倾诉衷情。我想，有的事情他们对自己的父母也未必肯讲的，比如想轻生自杀之类，他们却肯对我讲。我读到这些书信，感动不已。我已经到了风烛残年，对人生看得透而又透，只等造化小儿给我的生命画上句号。然而这些素昧平生的男女大孩子的信，却给我重新注入了生命的活力。苏东坡的词说："谁道人生无再少？门前流水尚能西。休将白发唱黄鸡。"我确实有"再少"之感了。这一切我都要感谢这些男女大孩子。

东方学系98级日语专业的新生，一定就属于我在这里所说的男女大孩子们。他（她）们在五湖四海的什么中学里，读过我写的什么文章，听到过关于我的一些传闻，脑海里留下了我的影子。所以，一进燕园，赶在开学之前，就迫不及待地把自己那一份情意，用他们自己发明出来的也许从来还没有被别人使用过的方式，送到了我的家门来，惊出了我的两行老泪。我连他们的身影都没有看到，我看到的只是清塘里面的荷叶。此时虽已是初秋，却依然绿叶擎天，水影映日，满塘一片浓绿。回头看到窗前那一棵玉兰，也是翠叶满枝，一片浓绿。绿是生命的颜色，绿是青春的颜色，绿是希望的颜色，绿是活力的颜色。这一群男女大孩子正处在平常人们所说的绿色年华中，荷叶和玉兰所象征的正是他们。我想，他们一定已经看到了绿色的荷叶和绿色的玉兰。他们的影子一定已经倒映在荷塘的清水中。虽然是转瞬即逝，连他们自己也未必注意到。可他们与这一片浓绿真可以说是相得益彰，溢满了活力，充满了希望，将来左右这个世界的，决定人类前途的正是这一群年轻的男女大孩子。他们真正让我“再少”，他们在这方面的力量绝不亚于我在上面提到的那些全国各地青年的来信，我虔心默祷——虽然我并不相信——造物主能从我眼前的八十七岁中抹掉七十年，把我变成一个十七的少年，使我同他们一起学习，一起娱乐，共同分享普天下的凉热。

1998 年 9 月 25 日

1987年元旦试笔

从孩提到青年，年年盼望着过年。中年以后，年年害怕过年。而今已进入老境，既不盼望，也不害怕，觉得过年也平淡得很，我的心情也平淡得如古井寂波。

但是，夜半枕上，听到外面什么地方的爆竹声，我心里不禁一震：又过年了，仿佛在古井中投下了一块小石头。今天早晨起来，心中顿有年意，我要提笔写元旦试笔了。

时间本来是无始无终的，又没有任何痕迹。人类偏偏把三百六十多天定为一年，硬在时间上刻上痕迹。这在天文学上不能说没有根据，对人类生活分上个春夏秋冬，也不无意义。你可切莫小看这个痕迹，它实际上支配着我们的生命。人的一生要计算个年龄。皇帝老子要定个年号。和尚有僧腊，今天有工龄、教龄和党龄。工龄碰巧多上几天，工资就能向上调一级。什么地方你也逃不掉这一个人为的痕迹。

我也并没有处心积虑来逃掉。我只觉得，这有点自找麻烦。

如果像原始人那样浑浑噩噩，不识不知，大概可以免掉不少麻烦：至少不会像后代文明人那样伤春悲秋，自伤老大。一切顺乎自然，心情要平静得多了。

我现在心情也平静得很，是在激烈活动后的平静。当人们意识到自己老大时，大概有两种反应：一是自伤自悲，一是认为这是自然规律，而处之泰然。我属于后者。去年一年，有几位算是老师一辈的学者离开人间，对我的心情不能说没有影响，我非常悲伤。但是，在内心深处，我认为这是自然规律，是极其平常的事情，短暂悲伤之后，立即恢复了平静，仍然兴致勃勃地活了下来。

活下来，就有希望。我希望在新的一年内，天下太平，人民康乐，我那些老师一辈的人不再匆匆离开人间，我自己也健康愉快，多做点对人民有益的工作。

1987 年元旦之晨

八十述怀

我从来没有想到，我能活到八十岁；如今竟然活到了八十岁，然而又一点也没有八十岁的感觉。岂非咄咄怪事！

我向无大志，包括自己活的年龄在内。我的父母都没有活过五十；因此，我自己的原定计划是活到五十。这样已经超过了父母，很不错了。不知怎么一来，宛如一场春梦，我活到了五十岁。那时正值所谓三年自然灾害。我流年不利，颇挨了一阵子饿。但是，我是“曾经沧海难为水”，在第二次世界大战时，我正在德国，我经受了而今难以想象的饥饿的考验，以致失去了饱的感觉。我们那一点灾害，同德国比起来，真如小巫见大巫；我从而顺利地度过了那一场灾害，而且我当时的精神面貌是我一生最好的时期，一点苦也没有感觉到，于不知不觉中冲破了我原定的年龄计划，度过了五十岁大关。

五十一过，又仿佛一场春梦似的，一下子就到了古稀之年，不容我反思，不容我踟蹰。其间跨越了一个“十年浩劫”。我当然是在劫难逃，被送进牛棚。我现在不知道应当感谢哪一路神灵：佛祖、上帝、安拉，由于一个万分偶然的机缘，我没有走上绝路，活下来了。活下来了，我不但没有感到特别高兴，反而时有悔愧之感在咬我的心。活下来了，也许还是有点好处的。我一生写作翻译的高潮，恰恰出现在这个期间。原因并不神秘：我获得了余裕和时间。在浩劫期间，我被打得一佛出世，二佛升天。后来不打不骂了，我却变成了"不可接触者"。在很长时间内，我被分配挖大粪，看门房，守电话，发信件。没有以前的会议，没有以前的发言。没有人敢来找我，很少人有勇气同我谈上几句话。一两年内，没收到一封信。我服从任何人的调遣与指挥，只敢规规矩矩，不敢乱说乱动。然而我的脑筋还在，我的思想还在，我的感情还在，我的理智还在。我不甘心成为行尸走肉，我必须干点事情。二百多万字的印度大史诗《罗摩衍那》，就是在这时候译完的。"雪夜闭门写禁文"，自谓此乐不减羲皇上人。

又仿佛是一场缥缈的春梦，一下子就活到了今天，行年八十矣，是古人称之为耄耋之年了。倒退二三十年，我这个在寿命上胸无大志的人，偶尔也想到耄耋之年的情况：手拄拐杖，白须飘胸，步履维艰，老态龙钟。自谓这种事情与自己无关，所以想得不深也不多。哪里知道，自己今天就到了这个年龄了。今天是新年元旦。从夜里零时起，自己已是不折不扣的八十老翁了。然而这老景却真如古人诗中所说的“青霭入看无”，我看不到什么老景。看一看自己的身体，平平常常，同过去一样。看一看周围的环境，平平常常，同过去一样。金色的朝阳从窗子里流了进来，平平常常，同过去一样。楼前的白杨，确实粗了一点，但看上去也是平平常常，同过去一样。时令正是冬天，叶子落尽了，但是我相信，它们正蜷缩在土里，做着春天的梦。水塘里的荷花只剩下残叶，“留得残荷听雨声”，现在雨没有了，上面只有白皑皑的残雪。我相信，荷花们也蜷缩在淤泥中，做着春天的梦。总之，我还是我，依然故我；周围的一切也依然是过去的一切……

我是不是也在做着春天的梦呢？我想，是的。我现在也处在严寒中，我也梦着春天的到来。我相信英国诗人雪莱的两句话：“既然冬天已经到了，春天还会远吗？”我梦着楼前的白杨重新长出了浓密的绿叶；我梦着池塘里的荷花重新冒出了淡绿的大叶子；我梦着春天又回到了大地上。

可是我万万没有想到，“八十”这个数目字竟有这样大的威力，一种神秘的威力。“自己已经八十岁了！”我吃惊地暗自思忖。它逼迫着我向前看一看，又回头看一看。向前看，灰蒙蒙的一团，路不清楚，但也不是很长。确实没有什么好看的地方。不看也罢。

而回头看呢，则在灰蒙蒙的一团中，清晰地看到了一条路，路极长，是我一步一步地走过来的，这条路的顶端是在清平县的官庄。我看到了一片灰黄的土房，中间闪着苇塘里的水光，还有我大奶奶和母亲的面影。这条路延伸出去，我看到了泉城的大明湖。这条路又延伸出去，我看到了水木清华，接着又看到德国小城哥廷根斑斓的秋色，上面飘动着我那母亲似的女房东和祖父似的老教授的面影。路陡然又从万里之外折回到神州大地，我看到了红楼，看到了燕园的湖光塔影。令人泄气而且大煞风景的是，我竟又看到了牛棚的牢头禁子那一副牛头马面似的狞恶的面孔。再看下去，路就缩住了，一直缩到我的脚下。

在这一条十分漫长的路上，我走过阳关大道，也走过独木小桥。路旁有深山大泽，也有平坡宜人；有杏花春雨，也有塞北秋风；有山重水复，也有柳暗花明；有迷途知返，也有绝处逢生。路太长了，时间太长了，影子太多了，回忆太重了。我真正感觉到，我负担不了，也忍受不了，我想摆脱掉这一切，还我一个自由自在身。

回头看既然这样沉重，能不能向前看呢？我上面已经说到，向前看，路不是很长，没有什么好看的地方。我现在正像鲁迅的散文诗《过客》中的那一个过客。他不知道是从什么地方走来的，终于走到了老翁和小女孩的土屋前面，讨了点水喝。老翁看他已经疲惫不堪，劝他休息一下。他说："从我还能记得的时候起，我就在这么走，要走到一个地方去，这地方就在前面。我单记得走了许多路，现在来到这里了。我接着就要走向那边去……况且还有声音在前面催促我，叫唤我，使我息不下。”那边，西边是什么地方呢？老人说：“前面，是坟。”小女孩说：“不，不，不是的。那里有许多野百合，野蔷薇，我常常去玩，去看他们的。”

我理解这个过客的心情，我自己也是一个过客。但是却从来没有什么声音催着我走，而是同世界上任何人一样，我是非走不行的，不用催促，也是非走不行的。走到什么地方去呢？走到西边的坟那里，这是一切人的归宿。我记得屠格涅夫的一首散文诗里，也讲了这个意思。我并不怕坟，只是在走了这么长的路以后，我真想停下来休息片刻。然而我不能，不管你愿意不愿意，反正是非走不行。聊以自慰的是，我同那个老翁还不一样，有的地方颇像那个小女孩，我既看到了坟，也看到了野百合和野蔷薇。

我面前还有多少路呢？我说不出，也没有仔细想过。冯友兰先生说：“何止于米？相期以茶。”“米”是八十八岁，“茶”是一百〇八岁。我没有这样的雄心壮志。我是“相期以米”。这算不算是立大志呢？我是没有大志的人，我觉得这已经算是大志了。

我从前对穷通寿夭也是颇有一些想法的。“十年浩劫”以后，我成了陶渊明的志同道合者。他的一首诗，我很欣赏：

纵浪大化中
不喜亦不惧
应尽便须尽
无复独多虑

我现在就是抱着这种精神，昂然走上前去。只要有可能，我一定做一些对别人有益的事，决不想成为行尸走肉。我知道，未来的路也不会比过去的更笔直，更平坦。但是我并不恐惧。我眼前还闪动着野百合和野蔷薇的影子。

1991 年 1 月 1 日

新年抒怀

除夕之夜，半夜醒来，一看表，是一点半钟，心里轻轻地一颤：又过去一年了。

小的时候，总希望时光快快流逝，盼过节，盼过年，盼迅速长大成人。然而，时光却偏偏好像停滞不前，小小的心灵里溢满了愤愤不平之气。

但是，一过中年，人生之车好像是从高坡上滑下，时光流逝得像电光一般，它不饶人，不了解人的心情，愣是狂奔不已。一转眼间，“两岸猿声啼不住，轻舟已过万重山”。滑过了花甲，滑过了古稀，少数幸运者或者什么者，滑到了耄耋之年。人到了这个境界，对时光的流逝更加敏感。年轻的时候考虑问题是以年计，以月计。到了此时，是以日计，以小时计了。

我是一个幸运者或者什么者，眼前正处在耄耋之年。我的心情不同于青年，也不同于中年，纷纭万端，绝不是三两句就能说清楚的。我自己也理不出一个头绪来。

过去的一年，可以说是我一生最辉煌的年份之一。求全之毁根本没有，不虞之誉却多得不得了，压到我身上，使我无法消化，使我感到沉重。有一些称号，初戴到头上时，自己都感到吃惊，感到很不习惯。就在除夕的前一天，也就是前天，在新中国成立后第一次全国性的国家图书奖会议上，在改革开放以来十几年的包括文、理、法、农、工、医，以及军事等方面的九万多种图书中，在中宣部和财政部的关怀和新闻出版署的直接领导下，经过全国七十多位专家的认真细致的评审，共评出国家图书奖四十五种。只要看一看这个比例数字，就能够了解获奖之困难。我自始至终参加了评选工作。至于自己同获奖有份，一开始时，我连做梦都没有梦到。然而结果我却有两部书获奖。在小组会上，我曾要求撤出我那一本书，评委不同意。我只能以不投自己的票来处理此事。对这个结果，要说自己不高兴，那是矫情，那是虚伪，为我所不取。我更多地感觉到的是惶恐不安，感觉到惭愧。许多非常有价值的图书，由于种种原因，没能评上，自己却一再滥竽。这也算是一种机遇，也是一种幸运吧。我在这里还要补上一句：在旧年的最后一天的《光明日报》上，我读到老友邓广铭教授对我的评价，我也是既感且愧。

我过去曾多次说到，自己向无大志，我的志是一步步提高的，有如水涨船高。自己绝非什么天才，我自己评估是一个中人之才。如果自己身上还有什么可取之处的话，那就是，自己是勤奋的，这一点差堪自慰。我是一个富于感情的人，是一个自知之明超过需要的人，是一个思维不懒惰、脑筋永远不停地转动的人。我得利之处，恐怕也在这里。过去一年中，在我走的道路上，撒满了玫瑰花。到处是笑脸，到处是赞誉。我成为一个“很可接触者”。要了解我过去一年的心情，必须把我的处境同我的性格，同我内心的感情联系在一起。

现在写“新年抒怀”，我的“怀”，也就是我的心情，在过去一年我的心情是什么样子的呢？

首先是，我并没有被鲜花和赞誉冲昏了头脑，我的头脑是颇为清醒的。一位年轻的朋友说我似乎忘记了自己的年龄。这只是一个表面现象。尽管从表面上来看，我似乎是朝气蓬勃，在学术上野心勃勃，我揽的工作远远超过一个耄耋老人所能承担的，我每天的工作量在同辈人中恐怕也居上乘。但是我没有忘乎所以，我并没有忘记自己的年龄。在友朋欢笑之中，在家庭聚乐之中，在灯红酒绿之时，在奖誉纷至沓来之时，我满面含笑，心旷神怡，却蓦地会在心灵中一闪念：“这一出戏快结束了！”我像撞客的人一样，这一闪念紧紧跟随着我，我摆脱不掉。

是我怕死吗？不，不，绝不是的。我曾多次讲过：我的性命本应该在“十年浩劫”中结束的。在比一根头发丝还细的偶然性中，我侥幸活了下来。从那以后，我所有的寿命都是白捡来的，多活一天，也算是“赚”了。而且对于死，我近来也已形成了一套完整的看法：“应尽便须尽，无复独多虑。”死是自然规律，谁也违抗不得。用不着自己操心，操心也无用。

那么我那种快煞戏的想法是怎样来的呢？记得在大学读书时，读过俞平伯先生的一篇散文：《重过西园码头》，时隔六十余年，至今记忆犹新。其中有一句话：“从现在起我们要仔仔细细地过日子了。”这就说明，过去日子过得不仔细，甚至太马虎。俞平伯先生这样，别的人也是这样，我当然也不例外。日子当前，总过得马虎。时间一过，回忆又复甜蜜。宋词中有一句话：“当时只道是寻常”，真是千古名句，道出了人们的这种心情。我希望，现在能够把当前的日子过得仔细一点，认为不寻常一点。特别是在走上了人生最后一段路程时，更应该这样。因此，我的快煞戏的感觉，完全是积极的，没有消极的东西，更与怕死没有牵连。

在这样的心情的指导下，我想得很多很多，我想到了很多的人。首先是想到了老朋友。清华时代的老朋友胡乔木，最近几年曾几次对我说，他想要看一看年轻时候的老朋友。他说：“见一面少一面了！”初听时，我还觉得他过于感伤，后来逐渐品味出他这一句话的分量。可惜他前年就离开了我们，走了。去年我用实际行动响应了他的话，我邀请了六七位有五六十年友谊的老友聚了一次。大家都白发苍苍了，但都兴会淋漓。我认为自己干了一件好事。我哪里会想到，参加聚会的吴组缃现已病卧医院中。我听了心中一阵颤动。今年元旦，我潜心默祷，祝他早日康复，参加我今年准备的聚会。没有参加聚会的老友还有几位，我都一一想到了，我在这里也为他们的健康长寿祷祝。

我想到的不只有老年朋友，年轻的朋友，包括我的第一代、第二代、第三代的学生，无论是在国内，还是在国外，我也都一一想到了。我最近颇接触了一些青年学生，我认为他们是我的小友。不知道为什么我对这一群小友的感情越来越深，几乎可以同我的年龄成正比。他们朝气蓬勃，前程似锦。我发现他们是动脑筋的一代，他们思考着许许多多的问题。淳朴、直爽，处处感动着我。俗话说："长江后浪推前浪，世上新人换旧人。"我们祖国的希望和前途就寄托在他们身上，全人类的希望和前途也寄托在他们身上。对待这一批青年，唯一正确的做法是理解与爱护，诱导与教育，同时还要向他们学习。这是就公而言。在私的方面，我同这些生龙活虎般的青年们在一起，他们身上那一股朝气，充盈洋溢，仿佛能冲刷掉我身上这一股暮气，我顿时觉得自己年轻了若干年。同青年们接触真能延长我的寿命。古诗说："服食求神仙，多为药所误。"我一不服食，二不求神。青年学生就是我的药石，就是我的神仙。我企图延长寿命，并不是为了想多吃人间几千顿饭。我现在吃的饭并不特别好吃，多吃若干顿饭是毫无意义的。我现在计划要做的学术工作还很多，好像一个人在日落西山的时分，前面还有颇长的路要走。我现在只希望多活上几年，再多走几程路，在学术上再多做点工作，如此而已。

在家庭中，我这种快煞戏的感觉更加浓烈。原因也很简单，必然是因为我认为这一出戏很有看头，才不希望它立刻就煞，因而才有这种浓烈的感觉。如果我认为这一出戏不值一看，它煞不煞与己无干，淡然处之，这种感觉从何而来？过去几年，我们家屡遭大故。老祖离开我们，走了。女儿也先我而去。这在我的感情上留下了永远无法弥补的伤痕。尽管如此，我仍然有一个温馨的家。我的老伴、儿子和外孙媳妇仍然在我的周围。我们和睦相处，相亲相敬。每一个人都是一个最可爱的人。除了人以外，家庭成员还有两只波斯猫，一只顽皮，一只温顺，也都是最可爱的猫。家庭的空气怡然、盎然。可是，前不久，老伴突患脑溢血，住进医院。在她没病的时候，她已经不良于行，整天坐在床上。我们平常没有多少话好说。可是我每天从大图书馆走回家来，好像总嫌路长，希望早一点到家。到了家里，在破藤椅上一坐，两只波斯猫立即跳到我的怀里，让我搂它们睡觉。我也眯上眼睛，小憩一会儿。睁眼就看到从窗外流进来的阳光，在地毯上流成一条光带，慢慢地移动。在百静中，万念俱息，怡然自得。此乐实不足为外人道也。然而老伴却突然病倒了。在那些严重的日子里，我再从大图书馆走回家来，我在下意识中，总嫌路太短，我希望它长，更长，让我永远走不到家。家里缺少一个虽然坐在床上不说话却散发着光与热的人。我感到冷清，我感到寂寞，我不想进这个家门。在这样的情况下，我心里就更加频繁地出现那一句话："这一出戏快煞戏了！"但是，就目前的情况来看，老伴虽然仍然住在医院里，病情已经有了好转。我在盼望着，她能很快回到家来，家里再有一个虽然不说话但却能发光发热的人，使我再能静悄悄地享受沉静之美，让这一出早晚要煞戏的戏再继续下去演上几幕。

按世俗的算法，从今天起，我已经达到八十三岁的高龄了，几乎快到一个世纪了。我虽然不爱出游，但也到过三十个国家，应该说是见多识广。在国内将近半个世纪，经历过峰回路转，经历过柳暗花明，快乐与苦难并列，顺利与打击杂陈。我脑袋里的回忆太多了，过于多了。眼前的工作又是头绪万端，谁也说不清我究竟有多少名誉职称，说是打破纪录，也不见得是夸大。但是，在精神上和身体上的负担太重了，我真有点承受不住了。尽管正如我上面所说的，我一不悲观，二不厌世，可是我真想休息了。古人说："大块劳我以生，息我以死。"德国伟大诗人歌德晚年有一首脍炙人口的诗，最后一句是 ruhst du auch（你也休息），仿佛也表达了我的心情，我真想休息一下了。

心情是心情，活还是要活下去的。自己身后的道路越来越长，眼前的道路越来越短，因此前面剩下的这短短的道路，更弥加珍贵。我现在过日子是以天计，以小时计。每一天每一个小时都是可贵的。我希望真正能够仔仔细细地过，认认真真地过，细细品味每一分钟每一秒钟，我认为每一分每一秒都不“寻常”。我希望千万不要等到以后再感到“当时只道是寻常”，空吃后悔药，徒唤奈何。对待自己是这样，对待别人，也是这样。我希望尽上自己最大的努力，使我的老朋友，我的小朋友，我的年轻的学生，当然也有我的家人，都能得到愉快。我也绝不会忘掉自己的祖国，只要我能为她做到的事情，不管多么微末，我一定竭尽全力去做。只有这样，我心里才能获得宁静，才能获得安慰。“这一出戏就要煞戏了”，它愿意什么时候煞，就什么时候煞吧。

现在正是严冬。室内春意融融，窗外万里冰封。正对着窗子的那一棵玉兰花，现在枝干光秃秃的一点生气都没有。但是枯枝上长出的骨朵儿却象征着生命，蕴含着希望。花朵正蜷缩在骨朵儿内心里，春天一到，东风一吹，会立即绽开白玉似的花。池塘里，眼前只有残留的枯叶在寒风中在层冰上摇曳。但是，我也知道，只等春天一到，坚冰立即化为粼粼的春水。现在蜷缩在黑泥中的叶子和花朵，在春天和夏天里都会蹿出水面。在春天里，“莲叶何田田”。到了夏天，“接天莲叶无穷碧，映日荷花别样红”，那将是何等光华烂漫的景色啊。“既然冬天到了，春天还会远吗？”我现在一方面脑筋里仍然会不时闪过一个念头：“这一出戏快煞戏了”，这丝毫也不含糊；但是，另一方面我又觉得这一出戏的高潮还没有到，恐怕在煞戏前的那一刹那才是真正的高潮，这一点也决不含糊。

1994 年 1 月 1 日

虎年抒怀

真没有想到，一转瞬间，自己竟已到了望九之年。前几年，初进入耄耋之年时，对光阴之荏苒，时序之飘逸，还颇有点“逝者如斯夫”之感。到最近两三年来，对时间的流逝神经似乎已经麻痹了，即使是到了新年或旧年，原来觉得旧年的最后一天和新年的第一天，其间宛若有极深的鸿沟，仿佛天不是一个颜色，地不是一个状态，自己憬然醒悟：要从头开始了，要重新“做人”了；现在则觉得虽然是“一元复始”，但“万象”并没有“更新”，今天同昨天完完全全一模一样，自己除了长了一岁之外，没有感到有丝毫变化。什么“八十述怀”之类的文字，再也写不出，因为实在无“怀”可“述”了。

但是，到了今天，时序正由大牛变成老虎，也许是由于老虎给我的印象特深，几年来对时间淡漠的心情，一变而为对时间的关注，“天增岁月人增寿”，我又增了一年寿。我陡然觉得，这一年实在是非同小可，它告诉我，我明确无误地是增加了一岁。李白诗："高堂明镜悲白发"，我很少照镜子，头顶上的白色是我感觉到的，而不是我亲眼看到的，白色仿佛有了重量，沉甸甸地压在我的头上。至于脸上的皱纹，则我连感觉都没有，我想也不去想它。

不管我的感觉怎样，反正我已经老了，这是一个丝毫也不容怀疑的事实。我已经老到了超过我的计划，超过我的期望。

我活过的八十七年是短是长呢？从人的寿命来说，是够长的了。俗话说"人生七十古来稀"，我已经过了古稀之年十七岁，难道还能不算长吗？从另一个观点上来看，它也够长的。这个想法我从来没有过，我也从来没有见任何中外文人学士有过。是我"天才的火花"一闪，闪出来这一个"平凡的真理"。现在，世界文明古国的中国的历史充其量不过说到了五千年，而我活的时间竟达到了五千年的五十分之一，你能说还不够长吗？遥想五千年前，人类可能从树上下来已经有些时候了，早就发明了火，能够使用工具，玩出了许多花样，自称为"万物之灵"。可是，从今天看来，花样毕竟有限，当时所谓"天上宫阙"，可能就是指的月亮，原是可望而不可即的。可是今天人类已经登上了月球，原来笼罩在月宫上的一团神秘的迷雾，今天已经大白于天下了。人世沧桑，不可谓不大，而在这漫长的五千年中，我竟占了将近一百年，难道还能说不够长吗？

人类的两只眼睛长在脸上，不长在后脑勺上，只能向前看，想要向后看，必须回头转身。但是，在我回忆时，我是能向后看的。我看到的是一条极其漫长的隐在云雾中的道路，起点是山东的一个僻远的小村庄。从那里出发，我走到了济南，走到了北京，又走到迢迢万里的德国和瑞士。这一条路始终跟在我的身后，或者毋宁说被我拖在身后。在国外待了十年多以后，我又拖着这一条路，或者说这一条路拖着我重又回到了我亲爱的祖国。然后，在几十年之内，我的双足又踏遍了亚洲的、非洲的以及欧洲的许多国家，我行动的轨迹当然又变成了路。这一条路一寸也没有断过，它有时曲曲折折、坎坎坷坷，有时又顺顺利利、痛痛快快，在现在的一瞬间，它就终止在我的脚下。但是，我知道，只要我一抬腿，这一条路立即就会开始延伸，一直延伸到那一个长满了野百合花的地方。什么时候延伸到那里，我不知道。但是看来还不会就到的。

近几年来，我读中外学术史和文学史，我有一个还没有听说别人有过的习惯：我先不管这些灿如流星的学者和诗人的学术造诣，什么人民性，什么艺术性，这性，那性，我都置之不理，我先看他们的生卒年月。结果我有了一个令人吃惊的发现：他们绝大多数活的年龄都不大，一般都是四十、五十、六十岁。那少数著名的夭折的诗人，比如中国的李长吉，英国的雪莱和济慈等暂且不谈，活过古稀之年的真的不多。我年轻时知道德国伟大诗人歌德活了八十二岁，印度伟大的诗人泰戈尔活了八十岁，英国的萧伯纳、俄罗斯的托尔斯泰都活到了超过了八十岁，当时大为赞叹和羡慕。我连追赶他们，步他们后尘的念头，一点也没有，几乎认为那无疑是“天方夜谭”。然而，正如我在上面说过的那样，曾几何时，蓦回头，那一条极长极长的用我的双脚踩成的路，竟把我拖到了眼前。我大吃一惊：我今天的年龄早已超过了他们。我从灵魂深处感到一阵震颤。

我现在的心情是一方面觉得自己还年轻，在北大教授的年龄排名榜上，我离开状元、榜眼，还有一大截，我至多排在十五名以后。而且，我还说过到八宝山去的路上，我决不“加塞儿”。然而，在另一方面，我真觉得自己活得太久了，太累了。几十年的老友不时有人会突然离开了人间，这种“后死者”的滋味是极难忍受的。而且意内和意外的工作，以及不虞的荣誉，纷至沓来。有时候一天接待六七起来访者和采访者。我好像成了医院里的主治大夫，吃饭的那一间大房子成了候诊室，来访的求诊者呼名鱼贯入诊。我还成了照相的道具，“审问”采访的对象，排班轮流同我照相。我最怕摄影者那一声棒喝：“笑一笑！”同老友照相，我由衷地含笑，但对某一些素昧平生的人，我笑得起来吗？这让我想到电视剧《瞧这一家子》中那个假笑或苦笑镜头，心中觳觫不安。

每天还有成捆成包的信件报刊。来信的人几乎遍布全国，男女老少都有。信的内容五花八门，匪夷所思，我简直成了无所不能、无所不知的圣人、神人。我的一位老友在他的文中说："季羡林有信必复。"这真让我吃了苦头，我不想让老友"食言"，自己又写不了那么多信，只有乞灵于我的一位多年的助手，还有我的学生，请他们代复，这样才勉强过关。我曾向我的助手说，从今以后再不接受采访，再不答应当什么"主编"、"顾问"，再不写字了。然而话声还没有落地，又来了。来了，再三斟酌，哪一个也拒绝不了，只好自食其言，委曲求全。

这就是我产生矛盾心情的根源。我非常忆念"十年浩劫"中"不可接触者"的生活，那时候除了有时被批斗一下以外，实在很逍遥自在。走在路上，同谁也不打招呼，谁也不同我打招呼，谁也不会怪我，我也不怪任何人。我现在常常想到庄子的话："大块劳我以生，息我以死。"这是真正的见道之言。

我现在有时候真想到死。请大家千万不要误会，我决不会自杀，不必对我严加戒备。人人都是怕死的，我对于死却并不怎样害怕。在 1967 年，我被"老佛爷"抄了家，头顶上戴的帽子之多之大，令人一看就胆战心惊。我一时想不开，制订了自杀的计划，口袋里装满了安眠药水和药片。我是"资产阶级反动权威"，我只能采用资产阶级的自杀方式，决不能采用封建主义的自杀方式，比如跳水、上吊、跳楼之类。我选择好了自杀的地方，那地方是在圆明园芦苇丛中，轻易不会被人发现的。大概等到秋后割芦苇时我才能被发现，那时我的尸体恐怕已经腐烂得不像样子了。想到这里，我的心能不震动吗？但是我死前的心情却异常平静，我把仅有的一点钱交给婶母和德华，意思是让她们苟延残喘地活下去。然后我正想跳墙逃走时，雄赳赳的红卫兵踹门进来，押解我到大饭厅去批斗。批斗不是好事，然而却救了我一条命。提前批斗的原因是想打我的威风，因为我对“老佛爷”手下那一批喽啰态度“恶劣”。总之，我已到过死亡的边缘上，离死亡的距离间不容发。我知道死前的感觉如何，我觉得没有什么了不起的。因此，从那以后，我认为，死并不可怕，而我能活到今天，多活的这几十年都是白捡的。多活一天，就是白捡一天。我还有一个教训：对恶人或坏人，态度一定要“恶劣”。态度和蔼会导致死亡，态度恶劣则能救命。

我是一个平凡的人。如果说有什么优点的话，那就是我比较勤奋。我一生没有敢偷过懒，一直到今天，我每天仍然必须工作七八个小时。碰巧有一天我没有读书或写作，我在夜间往往辗转反侧难以入睡，痛责自己虚度一天。曹操有一首著名的诗：“老骥伏枥，志在千里。烈士暮年，壮心不已。”我对此诗是非常欣赏的。我的毛病是忘乎所以，忘记了自己的年龄。我的所作所为，是“老骥伏枥，志在万里”。我仿佛像英国人所说的 teenager。我好像还不知道有多少年好活，脑筋里还不知道有多少读书计划，有多少写作计划好做。一个老年人忘记了自己的年龄，一方面可以说是好事，另一方面则只能说是坏事。这简直近于头脑发昏，头脑一发昏，就敢于无所不为。前两年，我从一米八高的窗台上跳下，就是一个好例子，朋友们都替我捏一把“后”汗，我自己也不禁后怕不已。

就这样，我现在的心情是经常在矛盾中，一方面觉得自己活得太久了，太累了，一方面又忘记了自己的年龄；一方面也常提到死，一方面又觉得自己并不怕死，死亡离开自己还颇远。可是矛盾的结果，后者往往占了上风。

在中国“古代诗人”中，苏东坡是我最喜欢者之一。记得十几岁作诗谜时，我采用的就是《苏东坡全集》。虽然不全懂，但糊里糊涂地翻了一遍。最近一两年来，又特爱苏东坡的词，我能够背诵不少首。我独爱其中一首《浣溪沙》。题目是“游蕲水清泉寺，寺临兰溪，溪水西流”。原文是：

山下兰芽短浸溪，松间沙路净无泥。萧萧暮雨子规啼。

谁道人生无再少？门前流水尚能西。休将白发唱黄鸡。

东坡问：“谁道人生无再少？”我答曰：“我道人生有再少。”我现在就有“再少”的感觉。这是我的现身说法。但是，我的“再少”在我的内心中似乎还是有条件的：吃饭为了活着，但是活着不是为了吃饭，而是为了工作。如果活着只是为了吃饭，还不如不活为佳。值此新年来临之际，我现在虔心祝愿我们全国安定团结，国泰民安。我祝愿全世界不再像现在这样乱糟糟的，狼烟四起，五洲震荡。祝福自己，虎年大吉。

1998 年 1 月 27 日旧历元旦前夕

梦游21世纪

21世纪就在眼前，不久我们就能够亲身莅临，何劳梦游？但是，我们眼前还毕竟是处在20世纪中，要谈21世纪，只能梦游了。

21世纪究竟是个什么样子呢？我不相信20世纪的最后一天和21世纪的最初一天会有什么区别。早晨，太阳照样从东方出来；晚上，太阳照样在西方落下，一切几乎都一模一样。

但是，我认为，既然是21世纪，必然有其特点，不过，这个特点决不会一下子就显露出来的，这是一个缓慢的逐渐显露的过程。在这个世纪的初叶，只能渐露端倪，到了2050年左右，它已如日中天，整个特点都会毫无保留地显露出来了。

对于那一点特点，我现在只能做梦。

我梦到，近几百年以来，西方的科学技术给人民，全世界人民带来了空前的幸福；但是，其基础是“征服自然”，与自然为敌，因而受到了大自然的惩罚，产生了许多弊端，比如大气污染、环境污染、生态失衡、物种灭绝，如此等等，不一而足。切盼到了21世纪能有所改变，能改恶向善。要想做到这一点，必须以东方“天人合一”的思想，济西方思想之穷，也就是说，人类必须同大自然为友，双方互相了解，增强友谊，然后再伸手向大自然要衣、要食、要住、要行。只有这样，人类才能避免现在面临的这一些灾难。

我梦到，我们的国家继续安定团结，繁荣昌盛下去。政府中减少了官气，社会上杜绝了假冒伪劣。人民的伦理道德水平提高，人文素质教育加强。五十六个民族团结得像一个人。南方不再洪水泛滥，北方没有森林火灾。天比现在蓝，水比现在清，一片祥和气象。

我梦到，在每一个家庭里，父慈子孝，兄友弟恭，夫妻相敬相爱，相忍相让。像眼前这样的一些青年对恋爱和婚姻的轻率态度，再也看不到了。对待爱情坚贞真实，谁也不做露水夫妻，把离婚当作家常便饭。原本温馨的家庭更温馨了，原本不温馨的家庭变得逐渐温馨起来。在任何时代，人生都是一场搏斗，搏斗就难免惊涛骇浪。在这样的浪涛中，有胜利者，当然也有失败者。在整个社会中，家庭对这样的浪涛来说，就是一个安全的避风港。胜利者回到这个避风港中，在温馨的气氛中，细细品味这胜利的甜蜜；失败者回到这个避风港中，追忆和分析失败的教训，家庭的温馨会增强他的斗志。回忆之余，奋然而起，他又有了足够的勇气和力量，再回到社会中，继续拼搏，勇往直前，必须胜利在握而后止。家庭的作用大矣哉！

我梦到，个人也有了新的变化和起色。对世界来说，他是一个世界公民。对国家来说，他是一个国家公民。对社会来说，他是其中的一分子。他应当在道德方面不断修养和锻炼，能做到苟日新，又日新，日日新，成为一个有用的人，成为一个正直的人。对世界，对国家和社会，对家庭都能尽上应尽的责任。他决不应当像杨花柳絮一样，虽然一时能飞满春城，但是随风飘荡，毫无自主能力，到头来，虽然给骚人墨客增添一些灵感，写出了美妙绝伦的诗词，自己最终却落到泥土地上，化为尘埃，消逝得无影无踪。

我想做和能做的梦还有很多很多，今天就先做这一些，至于能否成为现实，那就不能由我来决定，这要由每一个人自己决定，一方面要奋发图强，另一方面还必须靠点机遇，二者缺一不可。不管怎么样，我的梦是异常美妙的。我切盼，到了21世纪某一个时刻，我的梦能够完全实现，喜气盈大地，春色满寰中，全世界人民共庆升平。

1999年10月23日

豪情半怀迎新纪

再过十八天，一个新的世纪和千纪就要降临到人间了。

世纪和千纪这玩意儿本来是人为地创造出来的。没有耶稣，何来世纪与千纪？但它一旦被创造出来，就对人类的心理产生了作用。至少是在最近的几个世纪的世纪末，人类社会，特别是在意识形态方面，就发生变异。这有历史为证，绝不是信口雌黄。

现在又是世纪末了。中国以及世界各国的有识之士纷纷对即将来临的新世纪做出种种五花八门的预测和期望。我自己不敢以有识之士自居，但我是有脑筋、能思考的，我对 21 世纪也有我的期望。

最近若干年以来，我对世界文化的区分形成了一种看法。我认为，文化确实有东西之分的。西方文化以分析的思维模式为基础，对物质一分再分，认为可以无穷尽地分析下去；对大自然则抱着“征服自然”的态度，诛求无餍。结果产生的弊端是人所共见的，比如，环境污染、大气污染、生态平衡破坏、生物灭种、人口爆炸、新疾病产生、淡水资源匮乏等，无一不威胁着人类生存的前途。

东方文化以综合思维模式为基础，主张“天人合一”，也就是张载所说的：“民，吾同胞；物，吾与也。”人类要与大自然做朋友，不能征服自然。这种思想中国和东方其他一些国家是固有的。但是，近代以来，受了西方产业革命的影响，也有与大自然为敌的现象。在西方思想垄断世界思想的情况下，这是不可避免的。

我补充几句，西方也有综合的一方面，东方也有分析的一方面，不过不是主流而已。天下没有绝对纯之又纯的东西。

我对新世纪、新千年的期望，就是根据上面的想法而产生的。我期望，在新的世纪中，东西文化都将继续发展下去，而且会互相融合。但是，融合是有主次的，必须以东方文化济西方文化之穷，以东方“天人合一”的思想为中轴线而运转。

我这个看法，有人赞成，有人反对。赞成当然能使我高兴，反对也不能使我不高兴。因为21世纪毕竟还没有来到，一切对它的想法都只是像那个民间笑话“近视眼猜匾”一样的主观臆见。我对于这个问题不同任何人争论，在匾还没有挂出来之前，争论都是放空炮，“可怜无补费精神”。

就算是猜匾吧，我对21世纪这一块匾猜出了什么字没有呢？我猜出的字上面说了一点。最近读到浙江文艺出版社出版的《李政道文录》和金吾伦先生的《李政道、季羡林和物质是否无限可分》(《书与人》1999 年第 5 期)，颇得到一些极为宝贵的启发。我发现，李政道的一些看法与鄙见颇有相同和相似之处，实在是于我“心有戚戚焉”。我现在抄几段李政道先生的原文：

以为知道了基本粒子，就知道了真空，这种观念是不对的……我觉得，基因组也是这样，一个个地认识了基因，并不意味着解开了生命之谜。生命是宏观的，20 世纪的文明是微观的。我认为，到了 21 世纪，微观和宏观结合成一体。(上引书，页 89)

李政道在几个地方都提到微观与宏观相结合。我认为，他的“微观”和我说的分析的思维模式相当，至少是相似。他的“宏观”与我说的综合的思维模式相当。现在再引一段话：

现在我们猜不到 21 世纪的文化是什么，就如同在 19 世纪我们猜不到 20 世纪的文化将是怎样一样。同样，若我们真能激发真空的话，很可能我们对宇宙的了解要远远超过 20 世纪。将来的历史会写上：是在我们这个时代，把微观的世界与宏观

的世界用科学的方法连接起来。（引书同上，页 182）

文多不具引。最好请读者看一看这一本非常有意义的新书，会从中得到很多教益的。我现在再强调一下，微观与宏观相结合，重点应该放在过去被忽视了的宏观上。

题目本应是“豪情满怀迎新纪”，但我对 21 世纪还有一些问号，所以改为“半怀”。

1999 年 12 月 19 日

迎新怀旧

——21世纪第一个元旦感怀

我可真正是万万也没有想到，我能够活到八十九岁，迎接一个新世纪和新千年的来临。

我经常说到，我是幼无大志的人。其实我老也无大志，那种“大丈夫当如是也”的豪言壮语，我觉得，只有不世出的英雄才能说出。但是，历史的记载是否可靠，我也怀疑。刘邦和朱元璋等地痞流氓，一无所有，从而一无所惧，运气好成了皇上。一批帮闲的书生极尽拍马之能事，连这一批流氓的并不漂亮的长相也成了神奇的东西，在这些书生笔下猛吹不已。他们年轻时未必有这样的豪言壮语，书生也臆造出来，以达到吹拍的目的。

这话扯远了，还是谈我自己吧。我的“无大志”表现在各个方面，在年龄方面也有表现。我的父母都只活四十岁多一点。我自己想，我决超过父母的，能活到五十岁，我就应该满足了。

记得大概是在50年代，我四十多岁的时候，忽发奇想，想到我能否看到一个新世纪。我计算了一下，我必须活到八十九岁，才能做到。八十九岁，对当时的我来说，简直是一个天文数字，古今中外的文人，有几个能活到这个岁数的？这简直像是蓬莱三山，烟波渺茫，可望而不可即。

然而曾几何时，知命之年，倏尔而逝；耳顺之年，也没有留下什么痕迹；在古稀之年也没能让我有古稀的感觉。物换星移，岁月流逝，我却懵懵然，木木然，没有一点感觉。“高堂明镜悲白发”，我很少揽镜自照，头发变白自己是感觉不到的。只有在校园中偶尔遇到一位熟人，几年不见，发已半白，心里蓦地震颤了一下。被人称呼，从“老季”变成了“季老”，最初觉得有点刺耳。此外则一切平平常常，平平常常。弹指一瞬间，自己竟然活到了八十九岁，迎接了新世纪和新千年，当年认为无法想象的，绝对办不到的，当年的蓬莱三山，“今朝都到眼前来”了。岂不大可喜哉！然而又岂不大可惊哉！

记得有两句诗：“凡所难求皆绝好，及能如愿便平常。”我现在深深地认识到在朴素语言中蕴含的真理。我现在确实如愿了。但是心情平常到连平常的感觉都没有了。现在是2000年1月1日，同1999年12月31日，除了多了一天以外，绝没有任何不同的地方。早晨太阳从东方升起，到了晚上，仍然会在西方落下。环顾我的房间，依然是插架盈室，书籍盈架。窗台上的那几盆花草依然绿叶葳蕤，春意盎然。窗外是严冬。荷塘里只剩下了残荷的枯枝，在寒风中抖动。冰下水中鱼儿们是在游泳，还是在睡眠？我不得而知。埋在淤泥中莲藕是在蔓延，还是在冬眠？我也不得而知。荷花如果能做梦的话，我想，它们会梦到春天，坚冰融化，春水溶溶，它们又能长出尖尖的角，笑傲春风了。

荷花是不会知道什么 20 世纪 21 世纪的。大千世界的一切动植物都不知道。它们仅仅知道日和夜以及季节的变换这些自然界的现象。只有天之骄子人类才有本领要出一些新花样，自己要出来以后，自己又顶礼膜拜，深信不疑。神仙皇帝就属于这一类，世纪和千年也属于这一类。就拿昨天才结束的 20 世纪的世纪末来说，明明是自己制造出来的东西，却似乎有了无限的神力。多少年来，世界各国不知有多少聪明睿智之士，大谈他们自己制造出来的世纪末问题，又是总结 20 世纪的经验教训，又是侈谈 21 世纪的这个那个，喧呶纷争，煞是热闹。人各自是其是而非他人之是。一时文坛、学坛，还有什么坛，议论蜂起，杀声震天。倘若在高天上某一个地方真有一位造物主的话，他下视人寰，看到一群小动物角斗，恐怕会莞尔而笑吧。

我自己不比任何人聪明，我也参加到这一系列的纷争里来。我谈的主要是文化问题，20 世纪和 21 世纪东西文化的关系问题。我认为，20世纪是全部人类历史上发展最快的一个世纪。在这个世纪以前西方发生的产业革命大大地解放了生产力，二百多年内，给人类创造了巨大的财富和福利，全世界人民皆受其惠。但这只是事情的一个方面。另一个方面则是并不美好的，由于西方人以“征服自然”为鹄的，对大自然诛求无餍，结果遭到了大自然的报复和惩罚，产生了许多弊端和祸害。这些弊端和灾害彰彰在人耳目，用不着我再来细数。现在世界上几乎所有的政府和人民团体都在高呼“环保”，又是宣传，又是开会，一时甚嚣尘上。奇怪的是，竟无一人提到环保问题产生的根源。为什么欧洲的中世纪和中国的汉唐时代，从来没有什么环保问题呢？这情况难道还不值得人们深思吗？

我自己把环保问题同20世纪和21世纪挂上了钩，同东西文化挂上了钩。同时我又常常举一个民间流传的近视眼猜匾的笑话，说21世纪这一块匾还没有挂了出来，我们现在乱猜匾上的大字，无疑都是近视眼。能吹嘘看到了匾上的字的人，是狡猾者，是事前向主事人打听好了的。但是这种狡猾行动，对匾是可以的，对21世纪则是行不通的。难道谁有能耐到上帝那里去打听吗？我主张在21世纪东方“天人合一”的思想——这是东方文化的精华——能帮助人们解决环保问题。我似乎已经看到了还没有挂出来的匾上的字。不是我从上帝那里打听来的，是我根据自己的观察和思考得出来的，我是我自己的上帝。

昨天夜里，猛然醒来，开灯一看，时针正指十二点，不差一分钟。我心里一愣：我现在已是21世纪的人了。未多介意，关灯又睡。早晨七点，乘车到中华世纪坛去，同另外九个科学界闻人，代表学术界十个分支，另外配上十个儿童，共同撞新铸成的世纪钟王二十一响，象征科学繁荣。钟声深沉洪亮，在北京上空回荡。这时，我的心蓦地一阵颤动，“二十一世纪”五个大字沉重地压在我的心头，真正感觉“往事越千年”，我自己昨天还是20世纪的“世纪老人”，而今一转瞬间，我已成为21世纪的“新人”了。

在这关键的时刻，我过去很多年热心议论的一些问题，什么东西方文化，什么环保，什么天人合一，什么分析的思维模式和综合的思维模式等，都从我心中隐去。过去侈谈21世纪，等到21世纪真正来到了眼前，心中却是一个大空虚。中国古书上那个叶公好龙的故事是很有启发意义的。

然而，我心中也并不是完全的真正的空虚，我想到了我自己。我现在确确实实是八十九岁了。这是古今中外都艳羡的一个年龄。我竟于无意中得之，不亦快哉！连我这个少无大志老也无大志的人都不得不感到踌躇满志了。但是，我脑海里立即出现了一个问题：活大年纪究竟是好事呢，还是坏事？这问题还真不易答复。爱活着是人之常情，连中国老百姓都说“好死不如赖活着”，我焉能例外！但是，活得太久了，人事纷纭，应对劳神。人世间的一些魑魅魍魉的现象，看多了也让人心烦。德国大诗人歌德晚年渴望休息（ruhen）的名诗，正表现了这种心情。我有时候也真想休息了。中国古代诗文中有不少鼓励老年人的话，比如“老骥伏枥，志在千里。烈士暮年，壮心不已”。又如“天意怜幽草，人间重晚晴”。又如“余霞尚满天”等，读起来也颇让老人振奋。但是，仔细于字里行间推敲一下，便不难发现，这些诗句实际上是为老人打气的，给老人以安慰的，信以为真，便会上当。

那么，老年人就全该死了吗？也不是的。人老了，识多见广，正反两面的经验教训都非常丰富，这些东西对我们国家还是有用处的，只要不倚老卖老，不倚老吃老，人类社会还是需要老人的。佛经里面有一个《弃老国缘》的故事，说的就是这一番道理。在现在的中国，在21世纪的中国，活着无疑还是一种乐事。我常常说：人们吃饭为了活着，但活着不是为了吃饭。这是我的最根本的信条之一。我也身体力行。我现在仍然是黎明即起，兀兀穷年，不求有惊人之举，但求无愧于心，无愧于吃下去的饭。

在北京大学校内，老教授有一大批。比我这个八十九岁的老人更老的人，还有十几位。如果在往八宝山去的路上按年龄顺序排一个队的话，我决不在前几名。我曾说过，我决不会在这个队伍中抢先夹塞，我决心鱼贯而前，轮到我的时候，我说不定还会溜号躲开，从后面挤进比我年轻的队伍中。

多少年来，我成了陶渊明的信徒。他的那一首诗：

纵浪大化中，不喜亦不惧。

应尽便须尽，无复独多虑。

我感到，我现在大体上能够做到了，对生死之事，我确实没有多虑。关键在一个“应”字，这个“应”字由谁来掌管，由谁来决定呢？我不能知道，反正不由我自己来决定。既然不由我自己来决定，那么——由它去吧。

2000 年 1 月 1—3 日

九十述怀

杜甫诗“人生七十古来稀”，对旧社会来说，是完全正确的，因为它符合实际情况。但是，到了今天，老百姓却创造了三句顺口溜：“七十小弟弟，八十多来兮，九十不稀奇。”这也是完全正确的，因为它符合实际情况。

但是，对我来说，却另有一番纠葛。我行年九十矣，是不是感到不稀奇呢？答案是：不是，又是。不是者，我没有感到不稀奇，而是感到稀奇，非常的稀奇。我曾在很多地方都说过，我在任何方面都是一个没有雄心壮志的人，我不会说大话，不敢说大话，在年龄方面也一样。我的第一本账只计划活四十岁到五十岁。因为我的父母都只活了四十多岁，遵照遗传的规律，遵照传统伦理道德，我不能也不应活得超过了父母。我又哪里知道，仿佛一转瞬间，我竟活过了从心所欲不逾矩之年，又进入了耄耋的境界，要向期颐进军了。这样一来，我能不感到稀奇吗？

但是，为什么又感到不稀奇呢？从目前的身体情况来看，除了眼睛和耳朵有点不算太大的问题和腿脚不太灵便外，自我感觉还是良好的，写一篇一两千字的文章，倚椅可待。待人接物，应对进退，还是“难得糊涂”的。这一切都同十年前，或者更长的时间以前，没有什么两样。李太白诗：“高堂明镜悲白发”，我不但发已全白（有人告诉我，又有黑发长出），而且秃了顶。这一切也都是事实，可惜我不是电影明星，一年照不了两次镜子，那一切我都不视不见。在潜意识中，自己还以为是“朝如青丝”哩。对我这样无知无识、麻木不仁的人，连上帝也没有办法。在这样的情况下，我怎么会不感到不稀奇呢？

但是，我自己又觉得，我这种精神状态之所以能够产生，不是没有根据的。我国现行的退休制度，教授年龄是六十岁到七十岁。可是，就我个人而论，在学术研究上，我的冲刺起点是在八十岁以后。开了几十年的会，经过了不知道多少次政治运动，做过不知道多少次自我检查，也不知道多少次对别人进行批判，最后又经历了“十年浩劫”，“对酒当歌，人生几何？”我自己的一生就是这样白白地消磨过去了。如果不是造化小儿对我垂青，制止了我实行自己年龄计划的话，在我八十岁以前（这也算是高寿了）就“遽归道山”，我留给子孙后代的东西恐怕是不会多的。不多也不一定就是坏事。留下一些不痛不痒、灾祸梨枣的所谓著述，对任何人都没有好处。但是，对我自己来说，恐怕就要“另案处理”了。

在从八十岁到九十岁这个十年内，在我冲刺开始以后，颇有一些值得纪念的甜蜜的回忆。在撰写我一生最长的一部长达八十万字的著作《糖史》的过程中，颇有一些情节值得回忆，值得玩味。在长达两年的时间内，我每天跑一趟大图书馆，风雨无阻，寒暑无碍。燕园风光旖旎，四时景物不同。春天姹紫嫣红，夏天荷香盈塘，秋天红染霜叶，冬天六出蔽空。称之为人间仙境，也不为过。然而，在这两年中，我几乎天天都在这样瑰丽的风光中行走。可是我都视而不见，甚至不视不见。未名湖的涟漪，博雅塔的倒影，被外人视为奇观的胜景，也未能逃过我的漠然、懵然、无动于衷。我心中想到的只是大图书馆中的盈室满架的图书，鼻子里闻到的只有那里的书香。

《糖史》的写作完成以后，我又把阵地从大图书馆移到家中来。运筹于斗室之中，决战于几张桌子之上。我研究的对象变成了吐火罗文A方言的《弥勒会见记剧本》。这也不是一颗容易咬的核桃，非用上全力不行。最大的困难在于缺乏资料，而且多是国外的资料。没有办法，只有时不时地向海外求援。现在虽然号称为信息时代，可是我要的消息多是刁钻古怪的东西，一时难以搜寻，我只有耐着性子恭候。舞笔弄墨的朋友，大概都能体会到，当一篇文章正在进行写作时，忽然断了电，你心中真如火烧油浇，然而却毫无办法，只盼喜从天降了，只能听天由命了。此时燕园旖旎的风光，对于我似有似无，心里想到的，切盼的只有海外的来信。如此又熬了一年多,《弥勒会见记剧本》英译本终于在德国出版了。

两部著作完了以后，我平生大愿算是告一段落。痛定思痛，蓦地想到了，自己已是望九之年了。这样的岁数，古今中外的读书人能达到的只有极少数。我自己竟能置身其中，岂不大可喜哉!

我想停下来休息片刻，以利再战。这时就想到，我还有一个家。在一般人心目中，家是停泊休息的最好的港湾。我的家怎样呢?直白地说，我的家就我一个孤家寡人，我就是家，我一个人吃饱了，全家不害饿。这样一来，我应该感觉很孤独了吧。然而并不。我的家庭"成员"实际上并不止我一个"人"。我还有四只极为活泼可爱的、一转眼就偷吃东西的、从我家乡山东临清带来的白色波斯猫，眼睛一黄一蓝。它们一点礼节都没有，一点规矩都不懂，时不时地爬上我的脖子，为所欲为，大胆放肆。有一只还专在我的裤腿上撒尿。这一切我不但不介意，而且顾而乐之，让猫们的自由主义恶性发展。

我的家庭"成员"还不止这样多，我还养了两只山大小校友张衡送给我的乌龟。乌龟这玩意儿，现在名声不算太好，但在古代却是长寿的象征。有些人的名字中也使用"龟"字，唐代就有李龟年、陆龟蒙等。龟们的智商大概低于猫们，它们决不会从水中爬出来爬上我的肩头。但是，龟们也自有龟之乐，当我向它们喂食时，它们伸出了脖子，一口吞下一粒，它们显然是愉快的。可惜我遇不到惠施，他决不会同我争辩，我何以知道龟之乐。

我的家庭“成员”还没有到此为止，我还饲养了五只大甲鱼。甲鱼，在一般老百姓嘴里叫“王八”，是一个十分不光彩的名称，人们讳言之。然而我却堂而皇之地养在大瓷缸内，一视同仁，毫无歧视之心。是不是我神经出了毛病？用不着请医生去检查，我神经十分正常。我认为，甲鱼同其他动物一样有生存的权利。称之为王八，是人类对它的诬蔑，是向它头上泼脏水。可惜甲鱼无知，不会向世界最高法庭上去状告人类，还要求赔偿名誉费若干美元，而且要登报声明。我个人觉得，人类在新世纪、新千年中最重要的任务是处理好与大自然的关系。恩格斯已经警告过我们，不能过分陶醉于我们对自然界的胜利。对每一次这样的胜利，自然界都报复了我们。一百多年来的历史事实，日益证明了恩格斯警告之正确与准确。在新世纪中，人类首先必须改恶向善，改掉乱吃其他动物的恶习。人类必须遵守宋代大儒张载的话：“民吾同胞，物吾与也”，把甲鱼也看成是自己的伙伴，把大自然看成是自己的朋友，而不是征服的对象。这样一来，人类庶几能有美妙光辉的前途。至于我自己，也许有人认为我是《世说新语》中的人物，放诞不经。

如果真是的话，那就，那就——由它去吧。

再继续谈我的家和我自己。

我在“十年浩劫”中，自己跳出来反对那位倒行逆施的“老佛爷”，被打倒在地，被戴上了无数顶莫须有的帽子，天天被打、被骂。最初也只觉得滑稽可笑。但“谎言说上一千遍，就变成了真理”，最后连我自己都怀疑起来了：“此身合是坏人未？泪眼迷离问苍天。”其实我并没有那么坏，但在许多人眼中，我已经成了一个“不可接触者”。

然而，世事多变，人间正道。不知道是怎么一来，我竟转身一变成了一个“极可接触者”。我常以知了自比。知了的幼虫最初藏在地下，黄昏时爬上树干，天一明就蜕掉了旧壳，长出了翅膀，长鸣高枝，成了极富诗意的虫类，引得诗人“倚杖柴门外，临风听暮蝉”了。我现在就是一只长鸣高枝的蝉，名声四被，头上的桂冠比“文革”中头上戴的高帽子还要高出多多，有时候我自己都觉得脸红。其实我自己深知，我并没有那么好。然而，我这样发自肺腑的话，别人是不会相信的。这样一来，我虽孤家寡人，其实家里每天都是热闹非凡的。有一位多年的老同事，天天到我家里来“打工”，处理我的杂务，照顾我的生活，最重要的事情是给我读报、读信，因为我眼睛不好。还有就是同不断打电话来或者亲自登门来的自称是我的“崇拜者”的人们打交道。学校领导因为觉得我年纪已大，不能再招待那么多的来访者，在我门上贴出了通告，想制约一下来访者的袭来，但用处不大，许多客人都视而不见，照样敲门不误。有少数人竟在门外荷塘边上等上几个钟头。除了来访者打电话者外，还有扛着沉重的录像机而来的电视台的导演和记者，以及每天都收到的数量颇大的信件和刊物。有一些年轻的大中学生，把我看成了有求必应的土地爷，或者能预言先知的季铁嘴，向我请求这请求那，向我倾诉对自己父母都不肯透露的心中的苦闷。这些都要我那位“打工”的老同事来处理，我那位打工者此时就成了拦驾大使。想尽花样，费尽唇舌，说服那些想来采访、想来拍电视的好心和热心又诚心的朋友，请他们少安毋躁。这是极为繁重而困难的工作，我能深切体会。其忙碌困难的情况，我是能理解的。

最让我高兴的是，我结交了不少新朋友。他们都是著名的书法家、画家、诗人、作家、教授。我们彼此之间，除了真挚的感情和友谊之外，绝无所求于对方。我是相信缘分的，“有缘千里来相会，无缘对面不相识”，缘分是说不明道不白的东西，但又确实存在。我相信，我同朋友之间就是有缘分的。我们一见如故，无话不谈。没见面时，总惦记着见面的时间；既见面则如鱼得水，心旷神怡；分手后又是朝思暮想，忆念难忘。对我来说，他们不是亲属，胜似亲属。有人说：“人生得一知己足矣。”我得到的却不只是一个知己，而是一群知己。有人说我活得非常滋润。此情此景，岂是“滋润”二字可以了得！

我是一个呆板保守的人，秉性固执。几十年养成的习惯，我决不改变。一身卡其布的中山装，国内外不变，季节变化不变，别人认为是老顽固，我则自称是“博物馆的人物”，以示“抵抗”，后发制人。生活习惯也决不改变。四五十年来养成了早起的习惯，每天早晨四点半起床，前后差不了五分钟。古人说“黎明即起”，对我来说，这话夏天是适合的；冬天则是在黎明之前几个小时，我就起来了。我五点吃早点，可以说是先天下之早点而早点。吃完立即工作。我的工作主要是爬格子。几十年来，我已经爬出了上千万的字。这些东西都值得爬吗？我认为是值得的。我爬出的东西不见得都是精金粹玉，都是甘露醍醐，吃了能让人升天成仙。但是其中绝没有毒药，绝没有假冒伪劣，读了以后至少能让人获得点享受，能让人爱国、爱乡、爱人类、爱自然、爱儿童，爱一切美好的东西。总之一句话，能让人在精神境界中有所收益。我常常警告自己说：人吃饭是为了活着，但活着绝不是为了吃饭。人的一生是短暂的，决不能白白把生命浪费掉。如果我有一天工作没有什么收获，晚上躺在床上就疚愧难安，认为是慢性自杀。爬格子有没有名利思想呢？坦白地说，过去是有的。可是到了今天，名利对我都没有什么用处了，我之所以仍然爬，是出于惯性，其他冠冕堂皇的话，我说不出。“爬格不知老已至，名利于我如浮云”，或可能道出我现在的心情。

你想到过死没有呢？我仿佛听到有人在问。好，这话正问到节骨眼上。是的，我想到过死，过去也曾想到死，现在想得更多而已。在“十年浩劫”中，在1967年，一个千钧一发般的小插曲使我避免了走上“自绝于人民”的道路。从那以后，我认为，我已经死过一次，多活一天，都是赚的，到现在已经三十多年了，我真赚了个满堂满贯，真成为一个特殊的大富翁了。但人总是要死的，在这方面，谁也没有特权，没有豁免权。虽然常言道：“黄泉路上无老少。”但是，老年人毕竟有优先权。燕园是一个出老寿星的宝地。我虽年届九旬，但按照年龄顺序排队，我仍落在十几名之后。我曾私自发下宏愿大誓：在向八宝山的攀登中，我一定按照年龄顺序鱼贯而登，绝不抢班夺权，硬去加塞。至于事实究竟如何，那就请听下回分解了。

既然已经死过一次，多少年来，我总以为自己已经参悟了人生。我常拿陶渊明的四句诗当作座右铭：“纵浪大化中，不喜亦不惧。应尽便须尽，无复独多虑。”现在才逐渐发现，我自己并没能完全做到。常常想到死，就是一个证明，我有时幻想：自己为什么不能像朋友送给我摆在桌上的奇石那样，自己没有生命，但也绝不会有死呢？我有时候也幻想：能不能让造物主勒住时间前进的步伐，让太阳和月亮永远明亮，地球上一切生物都停住不动，不老呢？哪怕是停上十年八年呢？大家千万不要误会，认为我怕死怕得要命，绝不是那样。我早就认识到，永远变动，永不停息，是宇宙根本规律，要求不变是荒唐的。万物方生方死，是至理名言。江文通《恨赋》中说："自古皆有死，莫不饮恨而吞声。"那是没有见地的庸人之举，我虽庸陋，水平还不会那样低。即使我做不到热烈欢迎大限之来临，我也绝不会饮恨吞声。

但是，人类是心中充满了矛盾的动物，其他动物没有思想，也就不会有这样多的矛盾。我忝列人类的一分子，心里面的矛盾总是免不了的。我现在是一方面眷恋人生，一方面却又觉得，自己活得实在太辛苦了，我想休息一下了。我向往庄子的话："大块载我以形，劳我以生。"大家千万不要误会，以为我就要自杀。自杀那玩意儿我决不会再干了。在别人眼中，我现在活得真是非常非常惬意了。不虞之誉，纷至沓来；求全之毁，几乎绝迹。我所到之处，见到的只有笑脸，感到的只有温暖。时时如坐春风，处处如沐春雨，人生至此，实在是真应该满足了。然而，实际情况却并不完全是这样惬意。古人说："不如意事常八九。"这话对我现在来说也是适用的。我时不时地总会碰到一些令人不愉快的事情，让自己的心情半天难以平静。即使在春风得意中，我也有自己的苦恼。我明明是一头瘦骨嶙峋的老牛，却有时被认成是日产鲜奶千磅的硕大的肥牛。已经挤出了奶水五百磅，还求索不止，认为我打了埋伏。其中情味，实难以为外人道也。这逼得我不能不想到休息。

我现在不时想到，自己活得太长了，快到一个世纪了。九十年前，山东临清县*一个既穷又小的官庄出生了一个野小子，竟走出了官庄，走出了临清，走到了济南，走到了北京，走到了德国；后来又走遍了几个大洲，几十个国家。如果把我的足迹画成一条长线的话，这条长线能绕地球几周。我看过埃及的金字塔，看过两河流域的古文化遗址，看过印度的泰姬陵，看过非洲的撒哈拉大沙漠，以及国内外的许多名山大川。我曾住过总统府之类的豪华宾馆，会见过许多总统、总理一级的人物，在流俗人的眼中，真可谓极风光之能事了。然而，我走过的漫长的道路并不总是铺着玫瑰花的，有时也荆棘丛生。我经过山重水复，也经过柳暗花明；走过阳关大道，也走过独木小桥。我曾到阎王爷那里去报到，没有被接纳。终于曲曲折折、颠颠簸簸、坎坎坷坷、磕磕碰碰，走到了今天。现在就坐在燕园朗润园中一个玻璃窗下，写着《九十述怀》。窗外已是寒冬。荷塘里在夏天接天映日的荷花，只剩下干枯的残叶在寒风中摇曳。玉兰花也只留下光秃秃的枝干在那里苦撑。但是，我知道，我仿佛看到荷花蜷曲在冰下淤泥里做着春天的梦；玉兰花则在枝头梦着“春意闹”。它们都在活着，只是暂时地休息。养精

---

* 现改为临清市。

蓄锐，好在明年新世纪、新千年中开出更多更艳丽的花朵。

我自己当然也在活着。可是我活得太久了，活得太累了。歌德暮年在一首著名的小诗中想到休息，我也真想休息一下了。但是，这是绝对不可能的。我就像鲁迅笔下的那一位“过客”那样，我的任务就是向前走，向前走。前方是什么地方呢？老翁看到的是坟墓，小女孩看到的是野百合花。我写《八十述怀》时，看到的是野百合花多于坟墓，今天则倒了一个个儿，坟墓多而野百合花少了。不管怎样，反正我是非走上前去不行的，不管是坟墓，还是野百合花，都不能阻挡我的步伐。冯友兰先生的“何止于米”，我已经越过了米的阶段。下一步就是“相期以茶”了。我觉得，我目前的选择只有眼前这一条路，这一条路并不遥远。等到我十年后再写《百岁述怀》的时候，那就离茶不远了。

2000 年 12 月 20 日

九三述怀

前几天，在医院里过了一个生日，心里颇为高兴；但猛然一惊：自己已经又增加了一岁，现在是九十三岁了。

在五十多年前，当我处在四十岁阶段的时候，九十三这个数字好像是一个天文数字，可望而不可即。我当时的想法是：我只能活到四五十岁。因为我的父母都没有超过这个年龄，由于X基因或Y基因的缘故，我决不能超过这个界限的。

然而人生真如电光石火，一转瞬间已经到了九十三岁。只有在医院里输液的时候感到时间过得特别慢以外，其余的时间则让我感到快得无法追踪。

近两年，运交华盖，疾病缠身，多半是住在医院中。医院里的生活，简单而又烦琐。我是因一种病到医院里来的，入院以后，又患上了其他的病。在我入院前后所患的几种病中，最让人讨厌的是天疱疮。手上起泡出水，连指甲盖下面都充满了水，是一种颇为危险的病。从手上向臂上发展，发展到一定的程度，就有性命危险。来到三〇一医院，经李恒进大夫诊治，药到病除，真正是妙手回春。后来又患上了几种别的病。有一种是前者的发展，改变了地方，改变了形式，长在了右脚上，黑黢黢脏兮兮的一团，有一斤多重。我自己看了都恶心。有时候简直想把右脚砍掉，看你这些丑类到何处去藏身！幸亏老院长牟善初的秘书周大夫不知从哪里弄到了一种平常的药膏，抹上，立竿见影，脏东西除掉了。为了对付这一堆脏东西，三〇一医院曾组织过三次专家会诊，可见院领导对此事之重视。

你想到了死没有？想到过的，而且不止一次。不这样也是不可能的。人类是生物的一种。凡是生物，莫不好生而恶死，包括植物在内，一概如此。人们常说：好死不如赖活着。江淹《恨赋》中说："自古皆有死，莫不饮恨而吞声。"我基本上也不能脱这个俗。但是，我有我的特殊经历，因此，我有我的生死观。我在"十年浩劫"中，实际上已经死过一次。在《牛棚杂忆》中我对此事有详细的叙述，在这里不再重复。现在回忆起来，让我吃惊的是，临死前我的心情竟是那样平静，那样和谐。什么"饮恨"，什么"吞声"，根本不沾边儿。有了这样的独特的经历，即使再想到死，一点儿恐惧之感也没有了。

总起来说，我的人生观是顺其自然，有点儿接近道家。我生平信奉陶渊明的四句诗："纵浪大化中，不喜亦不惧。应尽便须尽，无复独多虑。”在这里一个关键的字是“应”。谁来决定“应”“不应”呢？一个人自己，除了自杀以外，是无权决定的。因此，我觉得，对个人的生死大事不必过分考虑。

我最近又发明了一个公式：无论什么人，不管是男是女，不管是外国人还是中国人，也不管是处在什么年龄阶段，同阎王爷都是等距离的。中国有两句俗话：“阎王叫你三更死，不能留人到五更。”这都说明，人们对自己的生死大事是没有多少主动权的。但是，只要活着，就要活得像个人样子。尽量多干一些好事，千万不要去干坏事。

人们对自己的生命也并不是一点儿主观能动性都没有的。人们不都在争取长寿吗？在林林总总的民族之林中，中国人是最注重长寿，甚至长生的。在过去几千年的历史上，我们创造了很多长寿甚至长生的故事。什么“王子去求仙，丹成入九天。山中方七日，世上几千年。”这实在没有什么意义。一些历史上的皇帝，甚至英明之主，为了争取长生，“为药所误”。唐太宗就是一个好例子。

中国古代文人对追求长生，有自己的表达方式。苏东坡词：“谁道人生无再少？门前流水尚能西。休将白发唱黄鸡。”在这里出现“再少”这个词儿。肉体上的再少，是不可能的。时间是不能倒转的。我的理解是，如果老年人能做出像少年的工作，这就算是“再少”了。

我现在算不算是“再少”，我自己不敢说。反正我从来不敢懈怠，从来不倚老卖老。我现在既向后看，回忆过去的九十年；也向前看，看到的不是八宝山，而是活过一百岁。眼前就有我的好榜样。上海的巴金，长我七岁；北京的臧克家，长我六岁，都仍然健在。他们的健在给了我信心，给了我勇气，也给了我灵感。我想同他们竞赛，我们都会活到一百多岁的。

但是，我并不是为活着而活着。活着不是我的目的，而是我的手段。前辈学人陈翰笙先生，当他一百岁时人们为他在人民大会堂祝寿的时候，他已经失明多年，身体也不见得怎么好。可是，请他讲话的时候，他第一句话就是：“我要工作。”全堂为之振奋不已。

我觉得，中国人民在过去几千年的历史上成就了许多美德，其中一条是“鞠躬尽瘁，死而后已”（出自《三国志·蜀志·诸葛亮传》）。这能代表我们中华民族伟大的一个方面。在几千年的历史上起着作用，至今不衰。

在历史上，我们的先人对人生还有一些细致入微而又切中要害的感悟。我举一个例子。多少年来，社会上流传着两句话：不如意事常八九，能与人言无二三。根据我们每一个人的亲身体会，这两句话是完全没有错的。在我们的生活中，在我们的社会交往中，尽管有不少令人愉快的如意的事情，但也不乏不愉快不如意的事情。年年如此，月月如此，天天如此。这个平凡的真理也不是最近才发现的。宋代的伟大词人辛稼轩就曾写道："肘后俄生柳，叹人生，不如意事，十常八九。"这颇能道出古今人人心中都会有的想法。我们老年人对此更应该加强警惕，因为不如意事有的是人招惹出来的。老年人，由于生理的制约，手和脑都会不太灵光，招惹不如意事的机会会更多一些。我原来的原则是随遇而安，近来我又提高了一步：知足常乐，能忍自安。境界显然提高了一步。

写到这里，我想写一个看来与我的主题无关而实极有关的问题：中西高级知识分子比较研究。所谓高级知识分子，无非是教授、研究员、著名的艺术家——画家、音乐家、歌唱家、演员等。这个题目，在过去似乎还没有人研究过。我个人经过比较长期的思考，觉得其间当然有共性，都是知识分子嘛；但是区别也极大。简短截说，西方高级知识分子大多数是自了汉，就是只管自己那一亩三分地里的事情，有点儿像过去中国老农那一种"老婆、孩子、热炕头，外加二亩地、一头牛"的样子。只要不发生战争，他们的工资没有问题，可以安心治学，因此成果显著地比我们多。他们也不像我们几乎天天开会，天天在运动中。我们的高知继承了中国自古以来知识分子（士）的传统，家事、国事、天下事，事事关心。中国古代的皇帝们最恨知识分子这种毛病。他们希望士们都能夹起尾巴做人。知识分子偏不听话，于是在中国历史上，所谓"文字狱"这种玩意儿就特别多。很多皇帝都搞文字狱。到了清朝，又加上了个民族问题。于是文字狱更特别多。

最后，我还必须谈一谈服老与不服老的辩证关系。所谓服老，就是一个老人必须承认客观现实。自己老了，就要老实承认。过去能做到的事情，现在做不到了，就不要勉强去做。但是，如果完完全全让老给吓住，什么事情都不做，这无异于坐而待毙，是极不可取的行为。人们的主观能动性的能量是颇为可观的。真正把主观能动性发挥出来，就能产生一种不服老的力量。正确处理服老与不服老的关系并不容易，二者之间的关系有点儿恍兮惚兮，其中有物。但是，这个物是什么，我却说不清楚。领悟之妙，在于一心。普天下善男信女们会想出办法的。

我已经写了不少，为什么写这样多呢？因为我感觉到，我们的生活环境和生活条件，日益改善，将来老年人会越来越多。我现在把自己的一点经历写了出来，供老人们参考。

千言万语，不过是一句话：我们老年人不要一下子躺在老字上，无所事事，我们的活动天地还是够大的。

有道是：

走过独木桥，

跳过火焰山。

豪情依然在，

含笑颂九三！

2003年8月18日于三〇一医院

狗年元旦抒怀

鸡年退位，狗年登场。

天增岁月人增寿，春满乾坤福满门。第一句话是没有错的。天和人确实都增了寿。

寿，在中国是一个非常吉祥的词儿。有什么人不喜欢增寿呢？过去，我也是这个意见。但是，宛如电光火石一般，九十五岁之年倏然而至。现在再听到增寿这样的词句，别有一番滋味在心头。我现在已是百岁老人，离开生命的极限，还有多长多远，我自己实在说不清楚，反正是不会太远了。现在再说增寿一年，就等于说，向生命的极限走近了一年，这个道理不是一清二楚吗？

然而，我并不悲观。有寿可增，总是好事，我现在最感到幸福、感到兴奋的是，我有幸活在当前的中国。自从五十多年前新中国成立以来，第一阵兴奋波一过，立即陷入苦恼和灾难中，什么事情都要搞运动。什么叫运动呢？就是让一部分人

（老知识分子除外）为所欲为，丢掉法律和道德，强凌弱，众暴寡。对于这种情况，我不是空口说白话，我有现身的经历。因此，全国人民对今天的中国都感到幸福，而我这个过来人更特别感到幸福。国家领导人从来不搞大轰大嗡，而是不声不响地为全国人民做实际需要的工作，全国人民如处春风化雨中。

我写这篇短文的心情，就是春风化雨。

今天是狗年元旦。这个元旦同其他年的元旦大同小异。但是，对我来说，却还有不同的意义。今年是我回国六十周年纪念，是我参加北京大学工作六十周年纪念，是我创办东方语言文学系六十周年纪念。虽然说了三项六十周年，在时间上只有一个六十周年。这个六十周年一过，我已经走到了九十五岁了，而且还要走上前去，一直走到不能再走的时候。

年轻时候，读过胡适之先生的一首诗：

略有几根白发，
心情微近中年。
既成过河卒子，
只有奋勇向前。

我不理解，适之先生的“过河卒子”从何而来。因此也没有过河卒子的感觉。但是，不管你是不是过河卒子，反正你必须奋勇向前。

2006 年 1 月 1 日于三〇一医院

九十五岁初度

又碰到了一个生日。一副常见的对联的上联是：“天增岁月人增寿。”我又增了一年寿。庄子说：万物方生方死。从这个观点上来看，我又死了一年，向死亡接近了一年。

不管怎么说，从表面上来看，我反正是增长了一岁，今年算是九十五岁了。

在增寿的过程中，自己在领悟、理解等方面有没有进步呢？

仔细算，还是有的。去年还有一点叹时光之流逝的哀感，今年则完全没有了。这种哀感在人们中是最常见的。然而也是最愚蠢的。“人间正道是沧桑”，时光流逝，是万古不易之理。人类，以及一切生物，是毫无办法的。“夫天地者，万物之逆旅；光阴者，百代之过客。”对于这种现象，最好的办法是听之任之，用不着什么哀叹。

我现在集中精力考虑的一个问题是：如何避免“当时只道

是寻常”的这种尴尬情况。“当时”是指过去的某一个时间。“现在”，过一些时候也会成为“当时”的。这样一来，我们就会永远有这样的哀叹。我认为，我们必须从事实上，也可以说是从理论上考察和理解这个问题。我想谈两个问题，第一个是如何生活？第二个是如何回忆生活？

先谈第一个问题。

一般人的生活，几乎普遍有一个现象，就是倥偬。用习惯的说法就是匆匆忙忙。五四运动以后，我在济南读到了俞平伯先生的一篇文章。文中引用了他夫人的话：“从今以后，我们要仔仔细细过日子了。”言外之意就是嫌眼前日子过得不够仔细，也许就是日子过得太匆匆的意思。怎样才叫仔仔细细呢？俞先生夫妇都没有解释，至今还是个谜。我现在不揣冒昧，加以解释。所谓仔仔细细就是：多一些典雅，少一些粗暴；多一些温柔，少一些莽撞；总之，多一些人性，少一些兽性；如此而已。

至于如何回忆生活，首先必须指出：这是古今中外一个常见的现象。一个人，不管活得多长多短，一生中总难免有什么难以忘怀的事情。这倒不一定都是喜庆的事情，比如洞房花烛夜、金榜题名时之类。这固然使人终生难忘。反过来，像夜走麦城这样的事，如果关羽能够活下来，他也不会忘记的。

总之，我认为，回想一些俱往矣类的事情，总会有点好处。回想喜庆的事情，能使人增加生活的情趣，提高向前进的勇气。

回忆倒霉的事情，能使人引以为鉴，不致再蹈覆辙。

现在，我在这里，必须谈一个无论如何也绕不过去的问题：死亡问题。我已经活了九十五年。无论如何也必须承认这是高龄。但是，在另一方面，它离开死亡也不会太远了。

一谈到死亡，没有人不厌恶的。我虽然还不知道，死亡究竟是什么样子，我也并不喜欢它。

写到这里，我想加上一段非无意义的闲话。对于寿命的态度，东西方是颇不相同的。中国人重寿，自古已然。汉瓦当文延年益寿，可见汉代的情况。人名李龟年之类，也表示了长寿的愿望。从长寿再进一步，就是长生不老。李义山诗："嫦娥应悔窃灵药，碧海青天夜夜心。"灵药当即不死之药。这也是一些人，包括几个所谓英主在内，所追求的境界。汉武帝就是一个狂热的长生不老的追求者。精明如唐太宗者，竟也为了追求长生不老而服食玉石散之类的矿物，结果是中毒而死。

上述情况，在西方是找不到的。没有哪一个西方的皇帝或国王会追求长生不老。他们认为，这是无稽之谈，不屑一顾。

我虽然是中国人，长期在中国传统文化熏陶下成长起来的；但是，在寿与长生不老的问题上，我却倾向西方的看法。中国民间传说中有不少长生不老的故事，这些东西侵入正规文学中，带来了不少的逸趣，但始终成不了正果。换句话说，就是，中国人并不看重这些东西。

中国人是讲求实际的民族。人一生中，实际的东西是不少的。其中最突出的一个东西就是死亡。人们都厌恶它，但是却无能为力。

上文中我已经涉及死亡问题，现在再谈一谈。一个九十五岁的老人，若不想到死亡，那才是天下之怪事。我认为，重要的事情，不是想到死亡，而是怎样理解死亡。世界上，包括人类在内，林林总总，生物无虑上千上万。生物的关键就在于生，死亡是生的对立面，是生的大敌。既然是大敌，为什么不铲除之而后快呢？铲除不了的。有生必有死，是人类进化的规律。是一切生物的规律，是谁也违背不了的。

对像死亡这样的谁也违背不了的灾难，最有用的办法是先承认它，不去同它对着干，然后整理自己的思想感情。我多年以来就有一个座右铭："纵浪大化中，不喜亦不惧。应尽便须尽，无复独多虑。"是陶渊明的一首诗。"该死就去死，不必多嘀咕。"多么干脆利落！我目前的思想感情也还没有超过这个阶段。江文通《恨赋》最后一句话是："自古皆有死，莫不饮恨而吞声。"我相信，在我上面说的那些话的指引下，我一不饮恨，二不吞声。我只是顺其自然，随遇而安。

我也不信什么轮回转世。我不相信，人们肉体中还有一个灵魂。在人们的躯体还没有解体的时候灵魂起什么作用，自古以来，就没有人说得清楚。我想相信，也不可能。

对你目前的九十五岁高龄有什么想法？我既不高兴，也不厌恶。这本来是无意中得来的东西，应该让它发挥作用。比如说，我一辈子舞笔弄墨，现在为什么不能利用我这一支笔杆子来鼓吹升平、增强和谐呢？现在我们的国家是政通人和、海晏河清。可以歌颂的东西真是太多太多了。歌颂这些美好的事物，九十五年是不够的。因此，我希望活下去。岂止于此，相期以茶。

2006 年 8 月 8 日

知足知不足

曾见冰心老人为别人题座右铭：“知足知不足，有为有不为。”言简意赅，寻味无穷。特写短文两篇，稍加诠释。先讲知足知不足。

中国有一句老话“知足常乐”，为大家所遵奉。什么叫“知足”呢？还是先查一下字典吧。《现代汉语词典》说：“知足：满足于已经得到的（指生活、愿望等）。”如果每个人都能满足于已经得到的东西，则社会必能安定，天下必能太平，这个道理是显而易见的。可是社会上总会有一些人不安分守己，癞蛤蟆想吃天鹅肉。这样的人往往要栽大跟头的。对他们来说，“知足常乐”这句话就成了灵丹妙药。

但是，知足或者不知足也要分场合的。在旧社会，穷人吃草根树皮，阔人吃燕窝鱼翅。在这样的场合下，你劝穷人知足，能劝得动吗？正相反，应当鼓励他们不能知足，要起来斗争。这样的不知足是正当的，是有重大意义的，它能伸张社会正义，能推动人类社会前进。

除了场合以外，知足还有一个分的问题。什么叫分？笼统言之，就是适当的限度。人们常说的“安分”、“非分”等，指的就是限度。这个限度也是极难掌握的，是因人而异、因地而异的。勉强找一个标准的话，那就是“约定俗成”。我想，冰心老人之所以写这一句话，其意不过是劝人少存非分之想而已。

至于知不足，在汉文中虽然字面上相同，其含义则有差别。这里所谓“不足”，指的是“不足之处”，“不够完美的地方”。这句话同“自知之明”有联系。

自古以来，中国就有一句老话：“人贵有自知之明。”这一句话暗示给我们，有自知之明并不容易，否则这一句话就用不着说了。事实上也确实如此。就拿现在来说，我所见到的人，大都自我感觉良好。专以学界而论，有的人并没有读几本书，却不知天高地厚，以天才自居，靠自己一点小聪明——这能算得上聪明吗？——狂傲恣睢，骂尽天下一切文人，大有用一枚毛锥横扫六合之概，令明眼人感到既可笑，又可怜。这种人往往没有什么出息的。因为，又有一句中国老话：“学如逆水行舟，不进则退。”还有一句中国老话“学海无涯”，说的都是真理。但在这些人眼中，他们已经穷了学海之源，往前再没有路了，进步是没有必要的。他们除了自我欣赏之外，还能有什么出息呢？

古代希腊也认为自知之明是可贵的，所以语重心长地说出了：“要了解你自己！”中国同希腊相距万里，可竟说了几乎是一模一样的话，可见这些话是普遍的真理。中外几千年的思想史和科学史，也都证明了一个事实：只有知不足的人才能为人类文化做出贡献。

2001年2月21日

有为有不为

“为”，就是“做”。应该做的事，必须去做，这就是“有为”。不应该做的事必不能做，这就是“有不为”。

在这里，关键是“应该”二字。什么叫“应该”呢？这有点像仁义的“义”字。韩愈给“义”字下的定义是“行而宜之之谓义”。“义”就是“宜”。而“宜”就是“合适”，也就是“应该”，但问题仍然没有解决。要想从哲学上从伦理学上说清楚这个问题，恐怕要写上一篇长篇论文，甚至一部大书。我没有这个能力，也认为根本无此必要。我觉得，只要诉诸一般人都能够有的良知良能，就能分辨清是非善恶了，就能知道什么事应该做，什么事不应该做了。

中国古人说：“勿以善小而不为，勿以恶小而为之。”可见善恶是有大小之别的，应该不应该也是有大小之别的，并不是都在一个水平上。什么叫大，什么叫小呢？这里也用不着烦琐的论证，只需动一动脑筋，睁开眼睛看一看社会，也就够了。

小恶、小善，在日常生活中，随时可见。比如，在公共汽车上给老人和病人让座，能让，算是小善；不能让，也只能算是小恶，够不上大逆不道。然而，从那些一看到有老人或病人上车就立即装出闭目养神的样子的人身上，不也能由小见大看出了社会道德的水平吗？

至于大善大恶，目前社会中也可以看到，但在历史上却看得更清楚。比如宋代的文天祥。他为元军所虏。如果他想活下去，屈膝投敌就行了，不但能活，而且还能有大官做，最多是在身后被列入“贰臣传”，“身后是非谁管得”，管那么多干吗呀。然而他却高赋《正气歌》，从容就义，留下英名万古传，至今还在激励着我们全国人民的爱国热情。

通过上面举的一个小恶的例子和一个大善的例子，我们大概对大小善和大小恶能够得到一个笼统的概念了。凡是对国家有利，对人民有利，对人类发展、前途有利的事情就是大善，反之就是大恶。凡是对处理人际关系有利，对保持社会安定团结有利的事情可以称之为小善，反之就是小恶。大小之间有时难以区别，这只不过是一个大体的轮廓而已。

大小善和大小恶有时候是有联系的。俗话说：千里之堤，溃于蚁穴。拿眼前常常提到的贪污行为而论。往往是先贪污少量的财物，心里还有点打鼓。但是，一旦得逞，尝到甜头，又没被人发现，于是胆子越来越大，贪污的数量也越来越多，终至于一发而不可收，最后受到法律的制裁，悔之晚矣。也有个别的识时务者，迷途知返，就是所谓浪子回头者，然而难矣哉！

我的希望很简单，我希望每个人都能有为有不为。一旦“为”错了，就毅然回头。

2001 年 2 月 23 日

第二辑

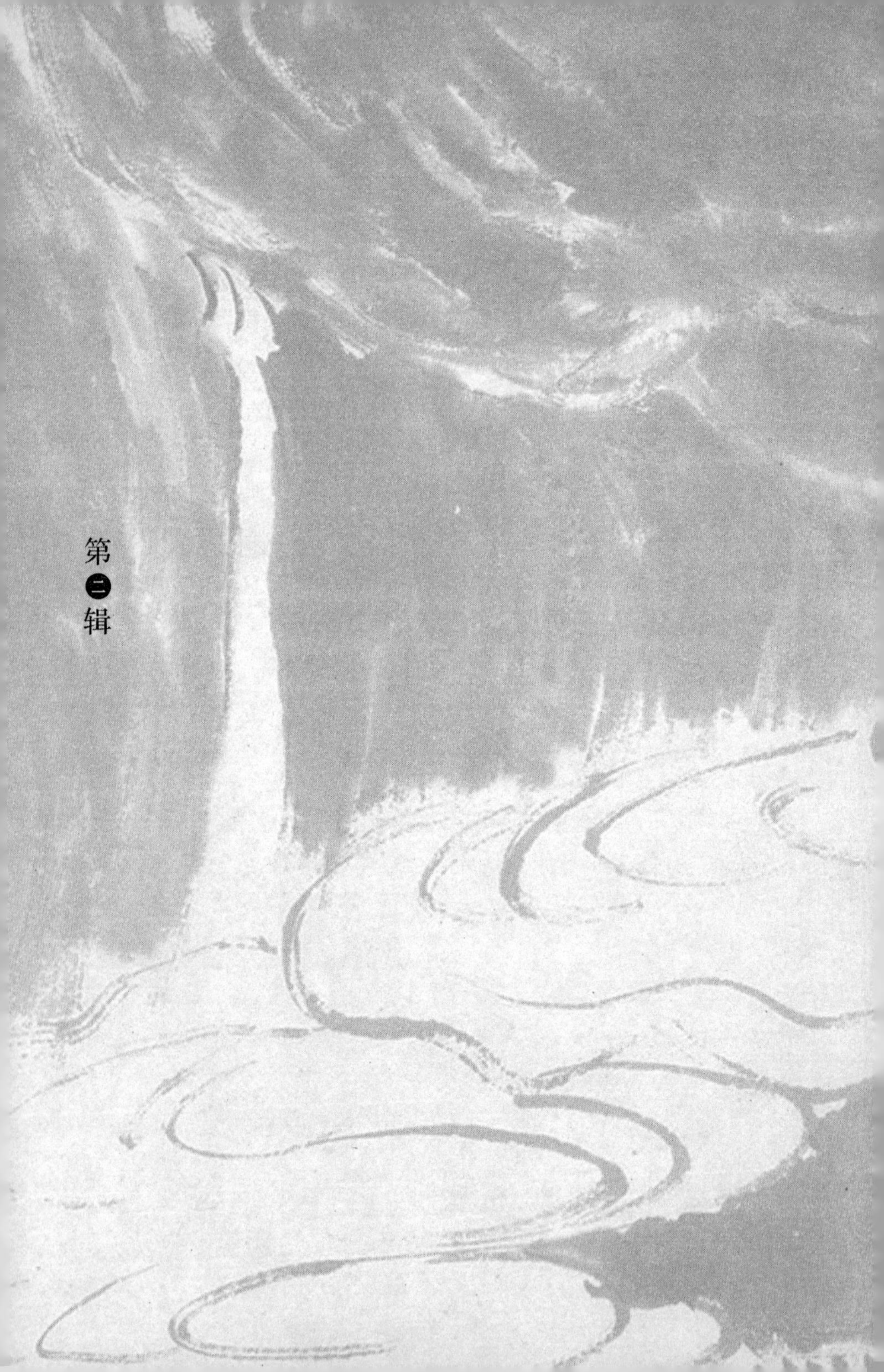

不喜亦不惧

《人生絮语》序

浙江人民出版社的杨女士给我来信，说要编辑一套“禅趣人生”丛书，“内容可包括佛禅与人生的方方面面”。“我们希望通过当代学者对于人生的一种哲学思考，给读者特别是青年读者一些中国传统文化的熏陶，给被大众文化淹溺着的当今读书界、文化界留一小块净土，也为今天人文精神的重建尽一份努力。”无疑，这些都是极其美妙的想法，有意义、有价值，我毫无保留地赞成和拥护。

但是，我却没有立即回信。原因绝不是我倨傲不恭，妄自尊大，而是因为我感到这任务过分重大，我惶恐觳觫，不敢贸然应命。其中还掺杂着一点自知之明和偏见。我生无慧根，对于哲学和义理之类的东西，不感兴趣。特别是禅学，我更感到头痛。少一半是因为我看不懂。我总觉得这一套东西恍兮惚兮，杳冥无迹。禅学家常用“羚羊挂角，无迹可循”来做比喻，比喻是生动恰当的。然而困难也即在其中。既然无迹可循，我们还循什么呢？庄子所说得鱼忘筌，得意忘言。我在这里实在是不知道何所得，又何所忘，古今中外，关于禅学的论著可谓多矣。我也确实读了不少。但是，说一句老实话，我还没有看到任何书、任何人能把“禅”说清楚的。

也许妙就妙在说不清楚。一说清楚，即落言筌。一落言筌，则情趣尽失。这种审美境界和思想境界，西方人是无法理解的。他们对任何东西都要求分析，分析，再分析。而据我个人的看法，分析只是人的思维方式之一，此外还有综合的思维方式，这是我们东方人所特有，至少是所擅长的。我现在正在读苗东升和刘华杰的《混沌学纵横谈》。“混沌学”是一个新兴的但有无限前途的学科。我曾多次劝人们，特别是年轻人，注意“模糊学”和“混沌学”，现在有了这样一本书，我说话也有了根据，而且理直气壮了。我先从这本书里引一段话：“以精确的观察、实验和逻辑论证为基本方法的传统科学研究，在进入人的感觉远远无法达到的现象领域之后，遇到了前所未有的困难。因为在这些现象领域中，仅仅靠实验、抽象、逻辑推理来探索自然奥秘的做法行不通了，需要将理性与直觉结合起来。对于认识尺度过小或过大的对象，直觉的顿悟、整体的把握十分重要。”这些想法，我曾有过。我看了这一本书以后，实如空谷足音。对于中国的“禅”，是否也可以从这里“切入”（我也学着使用一个新名词），去理解、去掌握？目前我还说不清楚。

话扯得远了，我还是“书归正传”吧！我在上面基本上谈的是“自知之明”。现在再来谈一谈“偏见”。我的“偏见”主要是针对哲学的，针对“义理”的。我上面已经说过，我对此不感兴趣。我的脑袋呆板，我喜欢摸得着看得见的东西，也就是实实在在的东西。哲学这东西太玄乎，太圆融无碍，宛如天马行空。而且公说公有理，婆说婆有理。今天这样说，有理；明天那样说，又有理。有的哲学家观察宇宙、人生和社会，时有非常深刻、机敏的意见，令我叹服。但是，据说真正的大哲学家必须自成体系。体系不成，必须追求。一旦体系形成，则既不圆融，也不无碍，而是捉襟见肘，削足适履。这一套东西我玩不了。因此，在旧时代三大学科体系义理、辞章、考据中，我偏爱后二者，而不敢碰前者。这全是天分所限，并不是对义理有什么微词。

以上就是我的基本心理状态。

现在杨女士却对我垂青，要我作“哲学思考”，侈谈“禅趣”，我焉得不诚惶诚恐呢？这就是我把来信搁置不答的真正原因。我的如意算盘是，我稍搁置，杨女士担当编辑重任，时间一久，就会把此事忘掉，我就可以逍遥自在了。

然而事实却大出我意料，她不但没有忘掉，而且打来长途电话，直捣黄龙，令我无所逃于天地之间。我有点惭愧，又有点惶恐。但是，心里想的却是：按既定方针办。我连忙解释，说我写惯了考据文章。关于“禅”，我只写过一篇东西，而且是被赶上了架才写的，当然属于“野狐”一类。我对她说了许多话，实际上却是“居心不良”，想推掉了事，还我一个逍遥自在身。

可是我万万没有想到，正当我颇为得意的时候，杨女士的长途电话又来了，而且还是两次。昔者刘先主三顾茅庐，躬请卧龙先生出山，共图霸业。藐予小子，焉敢望卧龙先生项背！三请而仍拒，岂不是太不识相了吗？我痛自谴责，要下决心认真对待此事了。我拟了一个初步选目。过后自己一看，觉得好笑，选的仍然多是考据的东西。我大概已经病入膏肓，脑袋瓜变成了花岗岩，已经快到不可救药的程度了。于是决心改弦更张，又得我多年的助手李铮先生之助，终于选成了现在这个样子。这里面不能说没有涉及禅趣，也不能说没有涉及人生。但是，把这些文章综合起来看，我自己的印象是一碗京海杂烩。可这种东西为什么竟然敢拿出来给人看呢？自己“藏拙”不是更好吗？我的回答是：我在任何文章中讲的都是真话，我不讲半句谎话。而且我已经到了耄耋之年，一生并不是老走阳光大道，独木小桥我也走过不少。因此，酸、甜、苦、辣，悲、欢、离、合，我都尝了个够。发为文章，也许对读者，特别是青年读者，不无帮助。这就是我斗胆拿出来的原因。倘若读者——不管是老中青年——真正能从我在长达八十多年对生活的感悟中学到一点有益的东西，那我就十分满意了。至于杨女士来信中提到的那一些想法或者要求，我能否满足或者满足到什么程度，那就只好请杨女士自己来下判断了。是为序。

1995年8月15日于北大燕园

不完满才是人生

每个人都争取一个完满的人生。然而，自古及今，海内海外，一个百分之百完满的人生是没有的。所以我说，不完满才是人生。

关于这一点，古今的民间谚语、文人诗句，说到的很多很多。最常见的比如苏东坡的词："人有悲欢离合，月有阴晴圆缺，此事古难全。"南宋方岳（根据吴小如先生考证）诗句："不如意事常八九，可与人言无二三。"这都是我们时常引用的、脍炙人口的。类似的例子还能够举出成百上千来。

这种说法适用于一切人，旧社会的皇帝老爷子也包括在里面。他们君临天下，"率土之滨，莫非王土"，可以为所欲为，杀人灭族，小事一桩，按理说，他们不应该有什么不如意的事。然而，实际上，王位继承，宫廷斗争，比民间残酷万倍。他们威仪俨然地坐在宝座上，如坐针毡。虽然捏造了"龙驭上宾"这种神话，他们自己也并不相信。他们想方设法以求得长生不老，他们最怕“一旦魂断，宫车晚出”。连英主如汉武帝、唐太宗之辈也不能免俗。汉武帝造承露金盘，妄想饮仙露以长生，唐太宗服印度婆罗门的灵药，期望借此以不死。结果，事与愿违，仍然是“龙驭上宾”呜呼哀哉了。

在这些皇帝手下的大臣们，“一人之下，万人之上”，权力极大，骄纵恣肆，贪赃枉法，无所不至。在这一类人中，好东西大概极少，否则包公和海瑞等决不会流芳千古，久垂宇宙了。可这些人到了皇帝跟前，只是一个奴才，常言道：伴君如伴虎，可见他们的日子并不好过。据说明朝的大臣上朝时在笏板上夹带一点鹤顶红，一旦皇恩浩荡，钦赐极刑，连忙用舌尖舔一点鹤顶红，立即涅槃，落得一个全尸。可见这一批人的日子也并不好过，谈不到什么完满的人生。

至于我辈平头老百姓，日子就更难过了。新中国成立前后，不能说没有区别，可是一直到今天，仍然是“不如意事常八九”。早晨在早市上被小贩“宰”了一刀，在公共汽车上被扒手割了包，踩了人一下，或者被人踩了一下，根本不会说“对不起”了，代之以对骂，或者甚至演出全武行。到了商店，难免买到假冒伪劣的商品，又得生一肚子气。谁能说，我们的人生多是完满的呢？

再说到我们这一批手无缚鸡之力的知识分子，在历史上一生中就难得过上几天好日子。只一个“考”字，就能让你谈“考”色变。“考”者，考试也。在旧社会科举时代，“千军万马独木桥”，要上进，只有科举一途，你只需读一读吴敬梓的《儒林外史》，就能淋漓尽致地了解到科举的情况。以周进和范进为代表的那一批举人进士，其窘态难道还不能让你胆战心惊、啼笑皆非吗？

现在我们运气好，得生于新社会中。然而那一个“考”字，宛如如来佛的手掌，你别想逃脱得了。幼儿园升小学，考；小学升初中，考；初中升高中，考；高中升大学，考；大学毕业想当硕士，考；硕士想当博士，考。考，考，考，变成烤，烤，烤。一直到知命之年，厄运仍然难免，现代知识分子落到这一张密而不漏的天网中，无所逃于天地之间，我们的人生还谈什么完满呢？

灾难并不限于知识分子，“人人有一本难念的经”，所以我说“不完满才是人生”。这是一个“平凡的真理”，但是真能了解其中的意义，对己对人都有好处。对己，可以不烦不躁；对人，可以互相谅解。这会大大地有利于整个社会的安定团结。

1998年8月20日

难得糊涂

清代郑板桥提出来的亦书写出来的“难得糊涂”四个大字，在中国，真可以说是家喻户晓、尽人皆知的。一直到今天，二百多年过去了，但在人们的文章里、讲话里，以及嘴中常用的口语中，这四个字还经常出现，人们都耳熟能详。

我也是难得糊涂党的成员。

不过，在最近几个月中，在经过了一场大病之后，我的脑筋有点开了窍。我逐渐发现，糊涂有真假之分，要区别对待，不能眉毛胡子一把抓。

什么叫真糊涂，而什么又叫假糊涂呢？

用不着做理论上的论证，只举几个小事例就足以说明了。例子就从郑板桥举起。

郑板桥生在清代乾隆年间，所谓康乾盛世的下一半。所谓盛世历代都有，实际上是一块其大无垠的遮羞布。在这块布下面，一切都照常进行。只是外寇来得少，人民作乱者寡，大部分人能勉强吃饱了肚子，“不识不知，顺帝之则”了。最高统治者的宫廷斗争，仍然是血腥淋漓，外面小民是不会知道的。历代的统治者都喜欢没有头脑没有思想的人，有头脑有思想的只是士这个阶层。所以士一直是历代统治者的眼中钉，可离开他们又不行，于是胡萝卜与大棒并举。少部分争取到皇帝帮闲或帮忙的人，大致已成定局。等而下之，一大批士都只有一条向上爬的路——科举制度。成功与否，完全看自己的运气。翻一翻《儒林外史》，就能洞悉一切。但同时皇帝也多以莫须有的罪名大兴文字狱，杀鸡给猴看。统治者就这样以软硬兼施的手法，统治天下。看来大家都比较满意。但是我认为，这是真糊涂，如影随形，就在自己身上，并不“难得”。

我的结论是：真糊涂不难得，真糊涂是愉快的，是幸福的。

此事古已有之，历代如此。楚辞所谓“举世皆浊我独清，众人皆醉我独醒”，所谓“醉”，就是我说的糊涂。

可世界上还偏有郑板桥这样的人，虽然人数极少极少，但毕竟是有的，他们为天地留了点正气。他已经考中了进士，据清代的一本笔记上说，由于他的书法不是台阁体，没能点上翰林，只能外放当一名知县，“七品官耳”。他在山东潍县做了一任县太爷，又偏有同情心，同情小民疾苦，有在潍县衙斋里所作的诗为证。结果是上官逼、同僚挤，他忍受不了，只好丢掉乌纱帽，到扬州当八怪去了。他一生诗书画中都有一种愤懑不平之气，有如司马迁的《史记》。他倒霉就倒在世人皆醉而他独醒，也就是世人皆真糊涂而他独必须装糊涂、假糊涂。

我的结论是：假糊涂才真难得，假糊涂是痛苦，是灾难。

现在说到我自己。

我初进三〇一医院的时候，始终认为自己患的不过是癣疥之疾。隔壁房间里主治大夫正与北大校长商议发出病危通告，我这里却仍然嬉皮笑脸，大说其笑话。终医院里的四十六天，我始终没有危机感。现在想起来，真是后怕。原因就在，我是真糊涂，极不难得，极为愉快。

我虔心默祷上苍，今后再也不要让真糊涂进入我身，我宁愿一生背负假糊涂这一个十字架。

2002年12月2日在三〇一医院于
大夫护士嘈杂声中写成，亦一快事也。

糊涂一点潇洒一点

最近一个时期，经常听到人们的劝告：要糊涂一点，要潇洒一点。

关于第一点糊涂问题，我最近写过一篇短文《难得糊涂》。在这里，我把糊涂分为两种，一个叫真糊涂，一个叫假糊涂。普天之下，绝大多数的人，争名于朝，争利于市。尝到一点小甜头，便喜不自胜、手舞足蹈、心花怒放、忘乎所以。碰到一个小钉子，便忧思焚心、眉头紧皱、前途黯淡、哀叹不已。这种人滔滔者天下皆是也。他们是真糊涂，但并不自觉。他们是幸福的、愉快的。愿老天爷再向他们降福。

至于假糊涂或装糊涂，则以郑板桥的“难得糊涂”最为典型。郑板桥一流的人物是一点也不糊涂的。但是现实的情况又迫使他们非假糊涂或装糊涂不行。他们是痛苦的。我祈祷老天爷赐给他们一点真糊涂。

谈到潇洒一点的问题，首先必须对这个词儿进行一点解释。这个词儿圆融无碍，谁一看就懂，再一追问就糊涂。给这样一个词儿下定义，是超出我的能力的。还是查一下词典好。《现代汉语词典》的解释是：“（神情、举止、风貌等）自然大方、有韵致，不拘束。”看了这个解释，我吓了一跳。什么“神情”，什么“风貌”，又是什么“韵致”，全是些抽象的东西，让人无法把握。这怎么能同我平常理解和使用的“潇洒”挂上钩呢？我是主张模糊语言的，现在就让“潇洒”这个词儿模糊一下吧。我想到中国六朝时代一些当时名士的举动，特别是《世说新语》等书所记载的，比如刘伶的“死便埋我”，什么雪夜访戴等，应该算是“潇洒”吧。可我立刻又想到，这些名士，表面上潇洒，实际上心中如焚，时时刻刻担心自己的脑袋。有的还终于逃不过去，嵇康就是一个著名的例子。

写到这里，我的思维活动又逼迫我把“潇洒”，也像糊涂一样，分为两类：一真一假。六朝人的潇洒是装出来的，因而是假的。

这些事情已经“俱往矣”，不大容易了解清楚。我举一个现代的例子。20 世纪 30 年代，我在清华读书的时候，一位教授（姑隐其名）总想充当一下名士，潇洒一番。冬天，他穿上锦缎棉袍，下面穿的是锦缎棉裤，用两条彩色丝带把棉裤紧紧地系在腿的下部。头上头发也故意不梳得油光发亮。他就这样飘飘然走进课堂，顾影自怜，大概十分满意。在学生们眼中，他这种矫揉造作的潇洒，却是丑态可掬，辜负了他一番苦心。

同这位教授唱对台戏的——当然不是有意的——是俞平伯先生。有一天，平伯先生把脑袋剃了个精光，高视阔步，昂然从城内的住处出来，走进了清华园。园中几千人中这是唯一的一个精光的脑袋，见者无不骇怪，指指点点、窃窃私议，而平伯先生则全然置之不理，照样登上讲台，高声朗诵宋代名词，摇头晃脑、怡然自得。朗诵完了，连声高呼："好！好！就是好！"此外再没有别的话说。古人说："是真名士自风流。"同那位教英文的教授一比，谁是真风流，谁是假风流；谁是真潇洒，谁是假潇洒，昭然呈现于光天化日之下。

这一个小例子，并没有什么深文奥义，只不过是想辨真伪而已。

为什么人们提倡糊涂一点、潇洒一点呢？我个人觉得，这能提高人们的和为贵的精神，大大地有利于安定团结。

写到这里，这一篇短文可以说是已经写完了。但是，我还想加上一点我个人的想法。

当前，我国举国上下，争分夺秒，奋发图强，巩固我们的政治，发展我们的经济，期能在预期的时间内建成名副其实的小康社会。哪里容得半点糊涂、半点潇洒！但是，我们中国人一向是按照辩证法的规律行动的。古人说："文武之道，一张一弛。”有张无弛不行，有弛无张也不行。张弛结合，斯乃正道。提倡糊涂一点、潇洒一点，正是为了达到这个目的。

2002年12月8日

睁一只眼闭一只眼

我活了八十多岁，到现在才真正第一次真切地感觉到：我有两只眼睛。

在过去八十多年中，两只眼睛合作得像一只眼睛一样，只有和谐，没有矛盾；只有合作，没有冲突。它俩陪我走过了世界上三十个国家，看到过撒哈拉大沙漠，看到过塔克拉玛干大沙漠，看到过尼罗河、幼发拉底河、湄公河，看到过长江、黄河，看到过黄山的云海，看到过泰山的五大夫松，看到过春花，看到过秋月，看到过朝霞，看到过夕照，看到过朋友，看到过敌人，看遍了大千世界的众生相，并且探幽烛微，深窥某一些人的心灵深处。总之，是它们俩帮助我了解了世界，了解了人情。否则我只能是盲人一个，浑浑噩噩，糊涂一生。

然而，我却从未意识到它们竟是两个。

最近，由于白内障，右眼动了手术，而左眼没有动。结果大出我意料：右眼的视力达到了 0.6，能看清我多年认为是黑色的毛衣原来是深蓝色的，我非常惊喜。可是，如果闭上右眼，睁开左眼，我的毛衣仍然是黑色的。这又令我极为扫兴。我的两只合作了八十多年的眼睛，现在忽然闹起矛盾来：它们原来是两个。

这给我带来了极大的困难。

搞我们这一行爬格子的人，看书写字都离不开眼睛。现在两只眼忽然不合作起来，看稿纸，一边是白而亮的；另一边却是阴暗昏黄的，你让我怎样下笔？一不小心，偏听偏信了某一只眼睛，字就会写得出了格子，不成字形。

中国老百姓有一句俗话："睁一只眼，闭一只眼。"意思是看到了非法之事或非法之人，你就睁一只眼，闭一只眼，装作没有看见。这是和稀泥、息事宁人的歪门邪道，不属于中国老百姓崇高的伦理标准。然而奉行此话者却大有人在。我并不赞成，但有时却也想仿效。我是赞成"路见不平，拔刀相助"的。根据眼前的社会风气，我看还是不拔刀为好。有时候你拔刀相助那个人本身一看风头不对，会对你反咬一口的。

如果我现在想运用"睁一只眼，闭一只眼"这个法宝，却凭空增加了困难。我究竟应该闭哪一只眼又睁哪一只眼呢？闭左眼，没有用。因为即使睁开也是白睁，眼前一片昏暗，什么也看不见。如果睁开右眼，则眼前光明辉耀，物无遁形，想装看不见，也是不可能的了。

我现在深悔，不应该为右眼动手术。如果不动的话，则两只眼同样老花昏暗，不法之事和不法之人，我根本看不清，用不着睁一只眼，闭一只眼，就能够六根清净，心地圆融，根本不伤什么脑筋。可我现在既然已经动了，绝无恢复原状的可能。那么，怎么办呢？我只能套用李密《陈情表》中的两句话："羡林进退，实为狼狈。"

1997年9月17日

我写我

我写我，真是一个绝妙的题目。但是，我的文章却不一定妙，甚至很不妙。

每一个人都有一个“我”，二者亲密无间，因为实际上是一个东西。按理说，人对自己的“我”应该是十分了解的，然而，事实上却不尽然。依我看，大部分人是不了解自己的，都是自视过高的。这在人类历史上竟成了一个哲学上的大问题。否则古希腊哲人发出狮子吼:“要认识你自己！”岂不成了一句空话吗?

我认为，我是认识自己的，换句话说，是有点自知之明的。我经常像鲁迅先生说的那样剖析自己。然而结果并不美妙，我剖析得有点过了头，我的自知之明过了头，有时候真感到自己一无是处。

这表现在什么地方呢?

拿写文章做一个例子。专就学术文章而言，我并不认为

“文章是自己的好”。我真正满意的学术论文并不多。反而别人的学术文章，包括一些青年后辈的文章在内，我觉得是好的。为什么会出现这种心情呢？我还没得到答案。

再谈文学作品。在中学时候，虽然小伙伴们曾赠我一个“诗人”的绰号，实际上我没有认真写过诗。至于散文，则是写的，而且已经写了六十多年。加起来也有七八十万字了。然而自己真正满意的也屈指可数。在另一方面，别人的散文就真正觉得好的也十分有限。这又是什么原因呢？我也还没得到答案。

在品行的好坏方面，我有自己的看法。什么叫好？什么又叫坏？我不通伦理学，没有深邃的理论，我只能讲几句大白话。我认为，只替自己着想，只考虑个人利益，就是坏。反之能替别人着想，考虑别人的利益，就是好。为自己着想和为别人着想，后者能超过一半，他就是好人；低于一半，则是不好的人；低得过多，则是坏人。

拿这个尺度来衡量一下自己，我只能承认自己是一个好人。我尽管有不少的私心杂念，但是总起来看，我考虑别人的利益还是多于一半的。至于说真话与说谎，这当然也是衡量品行的一个标准。我说过不少谎话，因为非此则不能生存。但是我还是敢于讲真话的。我的真话总是大大地超过谎话。因此我是一个好人。

我这样一个自命为好人的人，生活情趣怎样呢？我是一个感情充沛的人，也是兴趣不老少的人。然而事实上生活了八十年以后，到头来自己都感到自己枯燥乏味，干干巴巴，好像一棵枯树，只有树干和树枝，而没有一朵鲜花，一片绿叶。自己搞的所谓学问，别人称之为“天书”。自己写的一些专门的学术著作，别人视之为神秘。年届耄耋，过去也曾有过一些幻想，想在生活方面改弦更张，减少一点枯燥，增添一点滋润，在枯枝粗干上开出一点鲜花，长上一点绿叶。然而直到今天，仍然是忙忙碌碌，有时候整天连轴转，“为他人作嫁衣裳”，而且退休无日，路穷有期，可叹亦复可笑！

我这一生，同别人差不多，阳关大道，独木小桥，都走过跨过。坎坎坷坷，弯弯曲曲，一路走了过来。我不能不承认，我运气不错，所得到的成功，所获得的虚名，都有点名不副实。在另一方面，我的倒霉也有非常人所可得者。在那骇人听闻的所谓什么“大革命”中，因为敢于仗义执言，几乎把老命赔上。皮肉之苦也是永世难忘的。

现在，我的人生之旅快到终点了。我常常回忆八十年来的历程，感慨万端。我曾问过自己一个问题：如果真有那么一个造物主，要加恩于我，让我下一辈子还转生为人，我是不是还走今生走的这一条路？经过了一些思虑，我的回答是：还要走这一条路。但是有一个附带条件：让我的脸皮厚一些，让我的心黑一点，让我考虑自己的利益多一点，让我自知之明少一点。

1992 年 11 月 16 日

我的心是一面镜子

我生也晚，没有能看20世纪的开始。但是，时至今日，再有七年，21世纪就来临了。从我目前的身体和精神两个方面来看，我能看到两个世纪的交接，是丝毫也没有问题的。在这个意义上来讲，我也可以说是与20世纪共始终了，因此我有资格写“我与中国20世纪”。对时势的推移来说，每一个人的心都是一面镜子。我的心当然也不会例外。我自认为是一个颇为敏感的人，我这一面心镜，虽不敢说是纤毫必显，然确实并不迟钝。我相信，我的镜子照出了20世纪长达九十年的真实情况，是完全可以信赖的。

我生在1911年辛亥革命那一年。我出生两个月零四天以后，那一位“末代皇帝”，就从宝座上被请了下来。因此，我常常戏称自己是“清朝遗少”。到了我能记事儿的时候，还有时候听乡民肃然起敬地谈北京的“朝廷”（农民口中的皇帝），仿佛他们仍然高踞宝座之上。我不理解什么是“朝廷”，他似乎是人，又似乎是神，反正是极有权威、极有力量的一种动物。

这就是我的心镜中照出的清代残影。

我的家乡山东清平县（现归临清市）是山东有名的贫困地区。

我们家是一个破落的农户。祖父母早亡，我从来没有见过他们。祖父之爱我是一点也没有尝到过的。他们留下了三个儿子，我父亲行大（在大排行中行七）。两个叔父，最小的一个无父无母，送了人，改姓刁。剩下的两个，上无怙恃，孤苦伶仃，寄人篱下，其困难情景是难以言说的。恐怕哪一天也没有吃饱过。饿得没有办法的时候，兄弟俩就到村南枣树林子里去，捡掉在地上的烂枣，聊以果腹。这一段历史我并不清楚，因为兄弟俩谁也没有对我讲过。大概是因为太可怕、太悲惨，他们不愿意再揭过去的伤疤，也不愿意让后一代留下让人惊心动魄的回忆。

但是，乡下无论如何是待不下去了，待下去只能成为饿殍。不知道怎么一来，兄弟俩商量好，到外面大城市里去闯荡一下，找一条活路。最近的大城市只有山东首府济南。兄弟俩到了那里，两个毛头小伙子，两个乡巴佬，到了人烟稠密的大城市里，举目无亲。他们碰到多少困难，遇到多少波折。这一段历史我也并不清楚，大概是出于同一个原因，他们谁也没有对我讲过。

后来，叔父在济南立定了脚跟，至多也只能像是石头缝里的一棵小草，艰难困苦地挣扎着。于是兄弟俩商量，弟弟留在济南挣钱，哥哥回家务农，希望有朝一日，混出点名堂来，即使不能衣锦还乡，也得让人另眼相看，为父母和自己争一口气。

但是，务农要有田地，这是一个最简单的常识。可我们家所缺的正是田地这玩意儿。大概我祖父留下了几亩地，父亲就靠这个来维持生活。至于他怎样侍弄这点儿地，又怎样成的家。这一段历史对我来说又是一个谜。

我就是在这时候来到人间的。

天无绝人之路。正在此时或稍微前一点，叔父在济南失了业，流落在关东。用身上仅存的一元钱买了湖北水灾奖券，结果中了头奖，据说得到了几千两银子。我们家一夜之间成了暴发户。父亲买了六十亩带水井的地。为了耀武扬威起见，要盖大房子。一时没有砖，他便昭告全村：谁愿意拆掉自己的房子，把砖卖给他，他肯出几十倍高的价钱。俗话说："重赏之下，必有勇夫。"别人的房子拆掉，我们的房子盖成。东、西、北房各五大间。大门朝南，极有气派。兄弟俩这一口气总算争到了。

然而好景不长，我父亲是乡村中朱家、郭解一流的人物，仗"义"施财，忘乎所以。有时候到外村去赶集，他一时兴起，全席棚里喝酒吃饭的人，他都请了客。据说，没过多久，六十亩上好的良田被卖掉，新盖的房子也把东房和北房拆掉，卖了砖瓦。这些砖瓦买进时似黄金，卖出时似粪土。

一场春梦终成空。我们家又成了破落户。

在我能记事儿的时候，我们家已经穷到了相当可观的程度。一年只能吃一两次“白的”（指白面），吃得最多的是红高粱饼子，棒子面饼子也成为珍品。我在春天和夏天，割了青草，或劈了高粱叶，背到二大爷家里，喂他的老黄牛。赖在那里不走，等着吃上一顿棒子面饼子，打一打牙祭。夏天和秋天，对门的宁大婶和宁大姑总带我到外村的田地里去拾麦子和豆子。把拾到的可怜兮兮的一把麦子或豆子交给母亲。不知道积攒多少次，才能勉强打出点麦粒，磨成面，吃上一顿“白的”。我当然觉得如吃龙肝凤髓。但是，我从来不记得母亲吃过一口。她只是坐在那里，瞅着我吃。眼里好像有点潮湿。我当时哪里能理解母亲的心情呀！但是，我也隐隐约约地立下一个决心：有朝一日，将来长大了，也让母亲吃点“白的”。可是，“树欲静而风不止，子欲养而亲不待”。还没有等到我有能力让母亲吃“白的”，母亲竟舍我而去，留下了我一个终生难补的心灵伤痕，抱恨终天！

我们家，我父亲一辈，大排行兄弟十一个。有六个因为家贫，下了关东。从此音讯杳然。留下的只有五个，一个送了人，我上面已经说过。这五个人中，只有大大爷有一个儿子，不幸早亡，我从来没有见过他。我生下以后，就成了唯一的一个男孩子。在封建社会里，这意味着什么，大家自然能理解。在济南的叔父只有一个女儿。于是兄弟俩一商量，要把我送到济南。当时母亲什么心情，我太年幼，完全不能理解。很多年以后，我才听人告诉我说，母亲曾说过："要知道一去不回头的话，我拼了命也不放那孩子走！"这一句不是我亲耳听到的话，却终生回荡在我耳边。"谁言寸草心，报得三春晖？"

我终于离开了家，当年我六岁。

一个人的一生难免稀奇古怪的。个人走的路有时候并不由自己来决定。假如我当年留在家里，走的路是一条贫农的路。生活可能很苦，但风险决不会大。我今天的路怎样呢？我广开了眼界，认识了世界，认识了人生，获得了虚名。我曾走过阳关大道，也曾走过独木小桥；坎坎坷坷，又颇顺顺当当，一直走到了耄耋之年。如果当年让我自己选择道路的话，我究竟要选哪一条呢？概难言矣！

离开故乡时，我的心镜中留下的是一幅一个贫困至极的、一时走了运、立刻又垮下来的农村家庭的残影。

到了济南以后，我眼前换了一个世界。不用说别的，单说见到济南的山，就让我又惊又喜。我原来以为山只不过是一个个巨大无比的石头柱子。

叔父当然非常关心我的教育，我是季家唯一的传宗接代的人。我上过大概一年的私塾，就进了新式的小学校，济南一师附小，一切都比较顺利。五四运动波及了山东。一师校长是新派人物，首先采用了白话文教科书。国文教科书中有一篇寓言，名叫《阿拉伯的骆驼》，故事讲的是得寸进尺，是国际上流行的。无巧不成书，这一篇课文偏偏让叔父看到了，他勃然变色，大声喊道："骆驼怎么能说话呀！这简直是胡闹！赶快转学！"于是我就转到了新育小学。当时转学好像是非常容易，似乎没有走什么后门就转了过来。只举行一次口试，教员写了一个"骡"字，我认识，我的比我大一岁的亲戚不认识。我直接插入高一，而他则派进初三。一字之差，我硬是沾了一年的光。这就叫作人生！最初课本还是文言，后来则也随时代潮流改了白话，不但骆驼能说话，连乌龟、蛤蟆都说起话来，叔父却置之不管了。

叔父是一个非常有天才的人。他并没有受过什么正规教育。在颠沛流离中，完全靠自学，获得了知识和本领。他能作诗，能填词，能写字，能刻图章。中国古书也读了不少。按照他的出身，他无论如何也不应该对宋明理学发生兴趣；然而他竟然发生了兴趣，而且还极为浓烈，非同一般。这件事我至今大惑不解。我每看到他正襟危坐，威仪俨然，在读《皇清经解》一类十分枯燥的书时，都觉得滑稽可笑。

这当然影响了对我的教育。我这一根季家的独苗他大概想要我诗书传家。《红楼梦》、《三国演义》、《水浒传》等，他都认为是"闲书"，绝对禁止看。大概出于一种逆反心理，我爱看的偏是这些书。中国旧小说，包括《金瓶梅》、《西厢记》等几十种，我都偷着看了个遍。放学后不回家，躲在砖瓦堆里看，在被窝里用手电照着看。这样过了有几年的时间。叔父的教育则是另外一回事。在正谊时，他出钱让我在下课后跟一个国文老师念古文，连《左传》等都念。回家后，吃过晚饭，立刻又到尚实英文学社去学英文，一直到深夜。这样天天连轴转，也有几年的时间。

叔父相信"中学为体"，这是可以肯定的。但是是否也相信"西学为用"呢？这一点我说不清楚。反正当时社会上都认为，学点洋玩意儿是能够升官发财的。这是一种实用主义的"崇洋"，"媚外"则不见得。叔父心目中"夷夏之辨"是很显然的。

大概是1926年，我在正谊中学毕了业，考入设在北园白鹤庄的山东大学附设高中文科去念书。这里的教员可谓极一时之选。国文教员王崑玉先生，英文教员尤桐先生、刘先生和杨先生，数学教员王先生，史地教员祁蕴璞先生，伦理学教员鞠思敏先生（正谊中学校长），论理学教员完颜祥卿先生（一中校长），还有教经书的"大清国"先生（因为诨名太响亮，真名忘记了），另一位是前清翰林。两位先生教《书经》、《易经》、《诗经》，上课从不带课本，五经、四书，连注都能背诵如流。这些教员全是佼佼者。再加上学校环境有如仙境，荷塘四布，垂柳蔽天，是念书再好不过的地方。

我有意识地认真用功，是从这里开始的。我是一个很容易受环境支配的人。在小学和初中时，成绩不能算坏，总在班上前几名，但从来没有考过甲等第一。我毫不在意，照样钓鱼、摸虾。到了高中，国文作文无意中受到了王崑玉先生的表扬，英文是全班第一。其他课程考个高分并不难，只需稍稍一背，就能应付裕如。结果我生平第一次考了一个甲等第一，平均分数超过九十五分，是全校唯一的一个学生。当时山大校长兼山东教育厅长、前清状元王寿彭，亲笔写了一副对联和一个扇面奖给我。这样被别人一指，我的虚荣心就被抬起来了。从此认真注意考试名次，再不掉以轻心。结果两年之内，四次期考，我考了四个甲等第一，威名大震。在这一段时间内，外界并不安宁。军阀混战，鸡犬不宁。直奉战争、直皖战争，时局瞬息万变，“你方唱罢我登场”。有一年山大祭孔，我们高中学生受命参加。我第一次见到当时的奉系山东土匪督军——不知道自己有多少兵、多少钱和多少姨太太的张宗昌，他穿着长袍、马褂，匍匐在地，行叩头大礼。此情此景，至今犹在眼前。

到了 1928 年，蒋介石假“革命”之名，打着孙中山先生的招牌，算是一股新力量，从广东北伐，有共产党的协助，以雷霆万钧之力，一路扫荡，宛如劲风卷残云，大军占领了济南。此时，日本军国主义分子想趁火打劫，出兵济南，酿成了有名的“五三惨案”。高中关了门。在这一段时间内，我的心镜中照出来的影子是封建又兼维新的教育再加上军阀混战。

日寇占领了济南，国民党军队撤走。学校都不能开学。我过了一年临时亡国奴生活。

此时日军当然是全济南至高无上的唯一的统治者。同一切非正义的统治者一样，他们色厉内荏，十分害怕中国老百姓，简直害怕到风声鹤唳、草木皆兵的程度。天天如临大敌，常常搞一些突然袭击，到居民家里去搜查。我们一听到日军到附近某地来搜查了，家里就像开了锅。有人主张关上大门，有人坚决反对。前者说：不关门，日本兵会说：“你怎么这样大胆呀！竟敢双门大开！”于是捅上一刀。后者则说：关门，日本兵会说：“你们一定有见不得人的勾当，不然的话，皇军驾到，你们应该开门恭迎嘛！”于是捅上一刀。结果是，一会儿开门，一会儿又关上，如坐针毡，又如热锅上的蚂蚁。此情此景，非亲身经历者，是决不能理解的。我还有一段个人经历。我无学可上，又深知日本人最恨中国学生，在山东焚烧日货的“罪魁祸首”就是学生。我于是剃光了脑袋，伪装是商店的小徒弟。有一天，走在东门大街上，迎面来了一群日军，检查过往行人。我知道，此时万不能逃跑，一定要镇定，否则刀枪无情。我貌似坦然地走上前去。一个日兵搜我的全身，发现我腰里扎的是一条皮带。他如获至宝，发出狞笑，说道：“你的，狡猾的大大地。你不是学徒，你是学生。学徒的，是不扎皮带的！”我当头挨了一棒，幸亏还没有昏过去，我向他解释：现在小徒弟们也发了财，有的能扎皮带了。他坚决不信。正在争论的时候，另外一个日军走了过来，大概是比那一个高一级的，听了那个日军的话，似乎有点不耐烦，一摆手：“让他走吧！”我于是死里逃生，从阴阳界上又转了回来。我身上出了多少汗，只有我自己知道。

在这一年内，我心镜上照出的是临时或候补亡国奴的影像。

1929 年，日军撤走，国民党重进。我在求学的道路上，从此开辟了一个新天地。

此时，北园高中关了门，新成立了一所山东省立济南高中，是全省唯一的一所高级中学。我没有考试，就入了学。

校内换了一批国民党的官员，“党”气颇浓，令人生厌。但是总的精神面貌却是焕然一新。最明显不过的是国文课。“大清国”没有了，经书不念了，文言作文改成了白话。国文教员大多是当时颇为著名的新文学家。我的第一个国文教员是胡也频烈士。他很少讲正课，每一堂都是宣传“现代文艺”，亦名“普罗文学”，也就是无产阶级文学。一些青年，其中也有我，大为兴奋。公然在宿舍门外摆上桌子，号召大家参加“现代文艺研究会”。还准备出刊物，我为此写了一篇文章，叫作《现代文艺的使命》，里面生吞活剥抄了一些从日文译过来的所谓马克思主义文艺理论的文句。译文像天书，估计我也看不懂，但是充满了革命义愤和口号的文章，却堂而皇之地写成了。文章还没有来得及刊出，国民党通缉胡先生，他慌忙逃往上海，一两年后就被国民党杀害。我的革命梦像肥皂泡似的破灭了，从此再也没有"革命"，一直到了解放。

接胡先生的是董秋芳（冬芬）先生。他算是鲁迅的小友，北京大学毕业，翻译了一本《争自由的波浪》，有鲁迅写的序。不知道怎样一来，我写的作文得到了他的垂青，他发现了我的写作"天才"，认为是全班、全校之冠。我有点飘飘然，是很自然的。到现在，在六十年漫长的过程中，不管我搞什么样的研究工作，写散文的笔从来没有放下过。写得好坏，姑且不论。对我自己来说，文章能抒发我的感情，表露我的喜悦，缓解我的愤怒，激励我的志向。这样的好处已经不算少了。我永远怀念我这位尊敬的老师！

在这一年里，我的心镜照出来的仿佛是我的新生。

1930 年夏天，我们高中一级的学生毕了业。几十个举子联合"进京赶考"。当时北京（北平）的大学五花八门，国立、私立、教会立，纷然杂陈。水平极端参差不齐，吸引力也就大不相同。其中最受尊重的，同今天完全一样，是北大与清华，两个"国立"大学。因此，全国所有的赶考的举子没有不报考这两所大学的。这两所大学就仿佛变成了龙门，门槛高得可怕。往往几十人中录取一个。被录取的金榜题名，鲤鱼变成了龙。我来投考的那一年，有一个山东老乡，已经报考了五次，次次名落孙山。这一年又同我们报考，也就是第六次，结果仍然榜上无名。他精神失常，一个人恍恍惚惚在西山一带漫游了七天，才清醒过来。他从此断了大学梦，回到了山东老家，后不知所终。

我当然也报了北大与清华。同别的高中同学不同的是，我只报这两个学校，仿佛极有信心——其实我当时并没有考虑这样多，几乎是本能地这样干了——别的同学则报很多大学，二流的、三流的、不入流的，有的人竟报到七八所之多。我一辈子考试的次数成百成千，从小学一直考到获得最高学位；但我考试的运气好，从来没有失败过。这一次又撞上了喜神，北大和清华我都被录取，一时成了人们羡慕的对象。

但是，北大和清华，对我来说，却成了鱼与熊掌。何去何从？一时成了挠头的问题。我左考虑，右考虑，总难以下这一步棋。当时“留学热”不亚于今天，我未能免俗。如果从留学这个角度来考虑，清华似乎有一日之长。至少当时人们都是这样看的。“吾从众”，终于决定了清华，入的是西洋文学系（后改名外国语文系）。

在旧中国，清华西洋文学系名震神州。主要原因是教授几乎全是外国人，讲课当然用外国话，中国教授也多用外语（实际上就是英语）授课。这一点就具有极大的吸引力。夷考其实，外国教授几乎全部不学无术，在他们本国恐怕连中学都教不上。因此，在本系所有的必修课中，没有哪一门课我感到满意。反而是我旁听和选修的两门课，令我终生难忘，终身受益。旁听的是陈寅恪先生的"佛经翻译文学"，选修的是朱光潜先生的"文艺心理学"，就是美学。在本系中国教授中，叶公超先生教我们大一英文。他英文大概是好的，但有时故意不修边幅，好像要学习竹林七贤，给我没有留下好印象。吴宓先生的两门课"中西诗之比较"和"英国浪漫诗人"，给我留下了深刻的印象。

此外，我还旁听了或偷听了很多外系的课。比如朱自清、俞平伯、谢婉莹（冰心）、郑振铎等先生的课，我都听过，时间长短不等。在这种旁听活动中，我有成功，也有失败。最失败的一次，是同许多男同学，被冰心先生婉言赶出了课堂。最成功的是旁听西谛先生的课。西谛先生*豁达大度，待人以诚，没有教授架子，没有行帮意识。我们几个年轻大学生——吴组缃、林庚、李长之，还有我自己——由听课而同他有了个人来往。他同巴金、靳以主编大型的《文学季刊》是当时轰动文坛

---

* 指北大教授郑振铎。

的大事。他也竟让我们名不见经传的无名小卒，充当《季刊》的编委或特约撰稿人，名字赫然印在杂志的封面上，对我们来说这实在是无上的光荣。结果我们同西谛先生成了忘年交，终生维持着友谊，一直到 1958 年他在飞机失事中遇难。到了今天，我们一想到郑先生还不禁悲从中来。

此时政局是非常紧张的。蒋介石在拼命“安内”，日军已薄古北口，在东北兴风作浪，更不在话下。“九·一八”后，我也曾参加清华学生卧轨绝食，到南京去请愿，要求蒋介石出兵抗日。我们满腔热血，结果被满口谎言的蒋介石捉弄，铩羽而归。

美丽安静的清华园也并不安静。国共两方的学生斗争激烈。此时，胡乔木（原名胡鼎新）同志正在历史系学习，与我同班。他在进行革命活动，其实也并不怎么隐蔽。每天早晨，我们洗脸盆里塞上的传单，就出自他之手。这是一个公开的秘密，尽人皆知。他曾有一次在深夜坐在我的床上，劝说我参加他们的组织。我胆小怕事，没敢答应。只答应到他主办的工人子弟夜校去上课，算是聊助一臂之力，稍报知遇之恩。

学生中国共两派的斗争是激烈的，详情我不得而知。我算是中间偏左的逍遥派，不介入，也没有兴趣介入这种斗争。不过据我的观察，两派学生也有联合行动，比如到沙河、清河一带农村中去向农民宣传抗日。我参加过几次，记忆中好像也有倾向国民党的学生参加。原因大概是，尽管蒋介石不抗日，青年学生还是爱国的多。在中国知识分子中，爱国主义的传统是源远流长的，根深蒂固的。

这几年，我们家庭的经济情况颇为不妙。每年寒暑假回家，返校时筹集学费和膳费，就煞费苦心。清华是国立大学，花费不多。每学期收学费四十元。但这只是一种形式，毕业时学校把收的学费如数还给学生，供毕业旅行之用。不收宿费，膳费每月六块大洋，顿顿有肉。即使是这样，我也开支不起。我的家乡清平县，国立大学生恐怕只有我一个，视若“县宝”，每年津贴我五十元。另外，我还能写点文章，得点稿费，家里的负担就能够大大地减轻。我就这样在颇为拮据的情况中度过了四年，毕了业，戴上租来的学士帽照过一张相，结束了我的大学生活。

当时流行着一个词儿，叫“饭碗问题”，还流行着一句话，是“毕业即失业”。除了极少数高官显宦、富商大贾的子女以外，谁都会碰到这个性命交关的问题。我从三年级开始就为此伤脑筋。我面临着承担家庭主要经济负担的重任。但是，我吹拍乏术，奔走无门。夜深人静之时，自己脑袋里好像是开了锅。然而结果却是一筹莫展。

眼看快要到1934年的夏天，我就要离开学校了。真好像是大旱之年遇到甘霖，我的母校济南省立高中校长宋还吾先生，托人邀我到母校去担任国文教员。月薪大洋一百六十元，是大学助教的一倍。大概因为我发表过一些文章，我就被认为是文学家，而文学家都一定能教国文，这就是当时的逻辑。这一举真让我受宠若惊，但是我心里却打开了鼓：我是学西洋文学的，高中国文教员我当得了吗？何况我的前任是被学生“架”（当时学生术语，意思是“赶”）走的，足见学生不易对付。我去无疑是自找麻烦，自讨苦吃，无异于跳火坑。我左考虑，右考虑，终于举棋不定，不敢答复。然而，时间是不饶人的。暑假就在眼前，离校已成定局，最后我咬了咬牙，横下了一条心：“你有勇气请，我就有勇气承担！”

于是在 1934 年秋天，我就成了高中的国文教员。校长待我是好的，同学生的关系也颇融洽。但是同行的国文教员对我却有挤对之意。全校三个年级，十二个班，四个国文教员，每人教三个班。这就来了问题：其他三位教员都比我年纪大得多，其中一个还是我的老师一辈，都是科班出身，教国文成了老油子，根本用不着备课。他们却每人教一个年级的三个班，备课只有一个头。我教三个年级剩下的那个班，备课有三个头，其困难与心里的别扭是显而易见的。所以在这一年里，收入虽然很好（一百六十元的购买力约与今天的三千二百元相当），心情却是郁闷。眼前的留学杳无踪影，手中的饭碗飘忽欲飞。此种心情，实不足为外人道也。但是，幸运之神（如果有的话）

对我是垂青的。正在走投无路之际，母校清华大学同德国学术交换处签订了互派留学生的合同，我喜极欲狂，立即写信报了名，结果被录取。这比考上大学金榜题名的心情，又自不同，别是一番滋味在心头。积年愁云，一扫而空，一生幸福，一锤定音。仿佛金饭碗已经捏在手中。自己身上一镀金，则左右逢源，所向无前。我现在看一切东西，都发出玫瑰色的光泽了。

然而，人是不能脱离现实的。我当时的现实是：亲老，家贫，子幼。我又走到了我一生最大的一个岔路口上。何去何从？难以决定。这个歧路口，对我来说，意义真正是无比的大。不向前走，则命定一辈子当中学教员，饭碗还不一定经常能拿在手中；向前走，则会是另一番境界。“马前桃花马后雪，教人怎敢再回头？”

经过了痛苦的思想矛盾，经过了细致的家庭协商，决定了向前迈步。好在原定期限只有两年，咬一咬牙就过来了。

我于是在 1935 年夏天离家，到北平和天津办理好出国手续，乘西伯利亚火车，经苏联，到了柏林。我自己的心情是：万里投荒第二人。

在这一段从大学到教书一直到出国的时期中，我的心镜中照见的是：蒋介石猖狂反共，日本军野蛮入侵，时局动荡不安，学生两极分化，这样一幅十分复杂矛盾的图像。

马前的桃花，远看异常鲜艳，近看则不见得。

我在柏林待了几个月，中国留学生人数颇多，认真读书者当然有之，终日鬼混者也不乏其人。国民党的大官，自蒋介石起，很多都有子女在德国“流学”。这些高级“衙内”看不起我，我更藐视这一群行尸走肉的家伙，羞与他们为伍。此地“信美非吾土”，到了深秋，我就离开柏林，到了小城又是科学名城的哥廷根。从此以后，在这里一住就是七年，没有离开过。德国给我一月一百二十马克。房租约占百分之四十多，吃饭也差不多。手中几乎没有余钱。同官费学生一个月八百马克相比，真如小巫见大巫。我在德国住了那么久的时间，从来没有寒暑假休息，从来没有旅游，一则因为“阮囊羞涩”，二则珍惜寸阴，想多念一点书。

我不远万里而来，是想学习的。但是，学习什么呢？最初并没有一个十分清楚的打算。第一学期，我选了希腊文，样子是想念欧洲古典语言文学。但是，在这方面，我无法同德国学生竞争，他们在中学里已经学了八年拉丁文，六年希腊文。我心里彷徨起来。

到了 1936 年春季始业的那一学期，我在课程表上看到了瓦尔德施密特开的梵文初学课，我狂喜不止。在清华时，受了陈寅恪先生讲课的影响，就有志于梵学。但在当时，中国没有人开梵文课，现在竟于无意中得之，焉能不狂喜呢？于是我立即选了梵文课。在德国，要想考取哲学博士学位，必须修三个系，一主二副。我的主系是梵文、巴利文，两个副系是英国语言学和斯拉夫语言学。我从此走上了正规学习的道路。

1937年，我的奖学金期满。正在此时，日军发动了卢沟桥事件，虎视眈眈，意在吞并全中国和亚洲。我是望乡兴叹，有家难归。但是天无绝人之路，汉文系主任夏伦邀我担任汉语讲师，我实在像久旱逢甘霖，当然立即同意，走马上任。这个讲师工作不多，我照样当我的学生，我的读书基地仍然在梵文研究所，偶尔到汉学研究所来一下。这情况一直继续到1945年秋天我离开德国。

1939年，第二次世界大战正式开幕。我原以为像这样杀人盈野、积血成河的人类极端残酷的大搏斗，理应震撼三界、摇动五洲，使禽兽颤抖，使人类失色。然而，我有幸身临其境，只不过听到几次法西斯头子狂嚎——这在当时的德国是司空见惯的事——好像是春梦初觉，无声无息地就走进了战争。战争初期阶段，德军的胜利使德国人如疯如狂，对我则是一个打击。他们每胜利一次，我就在夜里服安眠药一次。积之既久，失眠成病，成了折磨我几十年的终生痼疾。

最初生活并没有怎样受到影响。慢慢地肉和黄油限量供应了，慢慢地面包限量供应了，慢慢地其他生活用品也限量供应了。在不知不觉中，生活的螺丝越拧越紧。等到人们明确地感觉到时，这螺丝已经拧得很紧很紧了，但是除了极个别的反法西斯的人以外，我没有听到老百姓说过一句怨言。德国法西斯头子统治有术，而德国人民也是一个十分奇特的民族，对我来说，简直像个谜。

后来战火蔓延，德国四面被封锁，供应日趋紧张。我天天挨饿，夜夜做梦，梦到中国的花生米。我幼无大志，连吃东西也不例外。有雄心壮志的人，梦到的一定是燕窝、鱼翅，哪能像我这样没出息的人只梦到花生米呢？饿得厉害的时候，我简直觉得自己是处在饿鬼地狱中，恨不能把地球都整个吞下去。

我仍然继续念书和教书。除了挨饿外，天上的轰炸最初还非常稀少。我终于写完了博士论文。此时瓦尔德施密特教授被征从军，他的前任已退休的老教授 Prof.E.Sieg（西克）替他上课。他用了几十年的时间读通了吐火罗文，名扬全球。按岁数来讲，他等于我的祖父。他对我也完全是一个祖父的感情。他一定要把自己全部拿手的好戏都传给我：印度古代语法，吠陀，而且不容我提不同意见，一定要教我吐火罗文。我乘瓦尔德施密特教授休假之机，通过了口试，布朗恩口试俄文和斯拉夫文，罗德尔口试英文。考试及格后，仍在西克教授指导下学习。我们天天见面，冬天黄昏，在积雪的长街上，我搀扶着年逾八旬的异国的老师，送他回家。我忘记了战火，忘记了饥饿，我心中只有身边这个老人。

我当然怀念我的祖国，怀念我的家庭。此时邮政早已断绝。

杜甫诗："烽火连三月，家书抵万金。"我却是"烽火连三年，家书抵亿金"。事实上根本收不到任何信。这大大地加强了我的失眠症，晚上吞服的药量，与日俱增，能安慰我的只有我的研究工作。此时英美的轰炸已成家常便饭，我就是在饥饿与轰炸中写成了几篇论文。大学成了女生的天下，男生都被抓去当了兵。过了没有多久，男生有的回来了，但不是缺一只手，就是缺一条腿。双拐击地的声音在教室大楼中往复回荡，形成了独特的合奏。

到了此时，前线屡战屡败，法西斯头子的牛皮虽然照样厚颜无耻地吹，然而已经空洞无力，有时候牛头不对马嘴。从我们外国人眼里来看，败局已定，任何人也回天无力了。

德国人民怎么样呢？经过我十年的观察与感受，我觉得，德国人不愧是世界上最优秀的人民之一。文化昌明，科学技术处于世界前列，大文学家、大哲学家、大音乐家、大科学家，近代哪一个民族也比不上。而且为人正直、淳朴，个个都是老实巴交的样子。在政治上，他们却是比较单纯的。真心拥护希特勒者占绝大多数。令我大惑不解的是，希特勒极端诬蔑中国人，视为文明的破坏者。按理说，我在德国应当遇到很多麻烦。然而，实际上，我却一点麻烦也没有遇到。听说，在美国，中国人很难打入美国人社会。可我在德国，自始至终就在德国人社会之中，我就住在德国人家中，我的德国老师，我的德国同学，我的德国同事，我的德国朋友，从来待我如自己人，没有丝毫歧视。这一点让我终生难忘。

这样一个民族现在怎样看待垂败的战局呢？他们很少跟我谈论战争问题，对生活的极端艰苦、轰炸的极端野蛮，他们好像都无动于衷，他们有点茫然、漠然。一直到 1945 年春，美国军队攻入哥廷根，法西斯彻底完蛋了，德国人仍然无动于衷，大有逆来顺受的意味，又仿佛当头挨了一棒，在茫然、漠然之外，又有点昏昏然、懵懵然。

惊心动魄的世界大战，持续了六年，现在终于闭幕了。我在惊魂甫定之余，顿时想到了祖国，想到了家庭，我离开祖国已经十年了，我在内心深处感到了祖国对我这个海外游子的召唤。几经交涉，美国占领军当局答应用吉普车送我们到瑞士去。我辞别德国师友时，心里十分痛苦，特别是西克教授，我看到这位耄耋老人面色凄楚，双手发颤，我们都知道，这是最后一面了。我连头也不敢回，眼里流满了热泪。我的女房东对我放声大哭。她儿子在外地，丈夫已死，我这一走，房子里空空洞洞，只剩下她一个人。几年来她实际上是同我相依为命，而今以后，日子可怎样过呀！离开她时，我也是头也没有敢回，含泪登上美国吉普。我在心里套一首旧诗想成了一首诗：

留学德国已十霜，

归心日夜忆旧邦。

无端越境入瑞士，

客树回望成故乡。

这十年在我的心镜上照出的是法西斯统治，极端残酷的世界大战，游子怀乡的残影。

1945年10月，我们到了瑞士。在这里待了几个月。1946年春天，离开瑞士，经法国马赛，乘为法国运兵的英国巨轮，到了越南西贡。在这里待到夏天，又乘船经香港回到上海，别离祖国将近十一年，现在终于回来了。

此时，我已经通过陈寅恪先生的介绍，胡适之先生、傅斯年先生和汤用彤先生的同意，到北大来工作。我写信给在英国剑桥大学任教的哥廷根旧友夏伦教授，谢绝了剑桥之聘，决定不再回欧洲。同家里也取得了联系，寄了一些钱回家。我感激叔父和婶母，以及我的妻子彭德华，他们经过千辛万苦，努力苦撑了十一年，我们这个家才得以完整安康地留了下来。

当时正值第三次革命战争激烈进行，交通中断，我无法立即回济南老家探亲。我在上海和南京住了一个夏天。在南京曾叩见过陈寅恪先生，到中央研究院拜见过傅斯年先生。1946年深秋，从上海乘船到秦皇岛，转乘火车，来到了睽别十一年的北京。深秋寂冷，落叶满街，我心潮起伏，酸甜苦辣，说不出来是什么滋味。阴法鲁先生到车站去接我们，把我暂时安置在北大红楼。第二天，会见了文学院长汤用彤先生。汤先生告诉我，按北大以及其他大学规定，得学位回国的学人，最高只能给予副教授职称，在南京时傅斯年先生也告诉过我同样的话。能到北大来，我已经心满意足，焉敢妄求？但是过了没有多久，大概只有个把礼拜，汤先生告诉我，我已被定为正教授兼东方语言文学系主任，时年三十五岁。当副教授时间之短，我恐怕是创了新纪录。这完全超出了我的想望。我暗下决心：努力工作，积极述作，庶不负我的老师和师辈培养我的苦心！

此时的时局却是异常恶劣的。以蒋介石为首的国民党，剥掉自己的一切画皮，贪污成性，贿赂公行，大搞“五子登科”，接收大员满天飞，“法币”天天贬值，搞了一套银圆券、金圆券之类的花样，毫无用处。人民生活在水深火热之中，大学教授也不例外。手中领到的工资，一个小时以后，就能贬值。大家纷纷换银元，换美元，用时再换成法币。每当手中攥上几个大头时，心里便暖乎乎的，仿佛得到了安全感。

在学生中，新旧势力的斗争异常激烈。国民党垂死挣扎，进步学生猛烈进攻。当时流传着一个说法：在北平有两个解放区，一个是北大的民主广场，一个是清华园。我住在红楼，有几次也受到了国民党北平市党部纠集的天桥流氓等闯进来捣乱的威胁。我们在夜里用桌椅封锁了楼口，严阵以待，闹得人心惶惶，我们觉得又可恨，又可笑。

但是，腐败的东西终究会灭亡的，这是一条人类和大自然中进化的规律。1949年春，北京终于解放了。

在这三年中，我的心镜中照出的是黎明前的一段黑暗。

如果把我的一生分成两截的话，我习惯的说法是，前一截是旧社会，共三十八年。后一截是新社会，年数现在还没法确定，我一时还不想上八宝山，我无法给我的一生画上句号。

为什么要分为两截呢？一定是认为两个社会差别极大，非在中间划上鸿沟不行。实际上，我同当时留下没有出国或到台湾去的中老年知识分子一样，对共产党并不了解；对共产主义也不见得那么向往；但是对国民党我们是了解的。因此，解放军进城我们是欢迎的，我们内心是兴奋的，希望而且也觉得从此换了人间。解放初期，政治清明，一团朝气，许多措施深得人心。旧社会留下的许多污泥浊水，荡涤一清。我们都觉得从此河清有日，幸福来到了人间。但是，我们也有一个适应过程。别的比我年老的知识分子的真实心情，我不了解。至于我自己，我当时才四十岁，算是刚刚进入中年，但是我心中需要克服的障碍就不老少。参加大会，喊“万岁”之类的口号，最初我张不开嘴。连脱掉大褂换上中山装这样的小事，都觉得异常别扭，他可知矣。

对我来说，这个适应过程并不长，也没有感到什么特殊的困难，我一下子像是变了一个人。觉得一切的一切都是美好的，都是善良的。我觉得天特别蓝，草特别绿，花特别红，山特别青。全中国仿佛开遍了美丽的玫瑰花，中华民族前途光芒万丈，我自己仿佛又年轻了十岁，简直变成了一个大孩子。开会时，游行时，喊口号，呼“万岁”，我的声音不低于任何人，我的激情不下于任何人。现在回想起来，那是我一生最愉快的时期。

但是，反观自己，觉得百无是处。我从内心深处认为自己是一个地地道道的“摘桃派”。中国人民站起来了，自己也跟着挺直了腰板。任何类似贾桂的思想，都一扫而空。我享受着“解放”的幸福，然而我干了什么事呢？我做出了什么贡献呢？我确实没有当汉奸，也没有加入国民党，没有屈服于德国法西斯。但是，当中华民族的优秀儿女把脑袋挂在裤腰带上，浴血奋战、壮烈牺牲的时候，我却躲在万里之外的异邦，在追求自己的名山事业。天下可耻事宁有过于此者乎？我觉得无比的羞耻。连我那一点所谓学问——如果真正有的话——也是极端可耻的。

我左思右想，沉痛内疚，觉得自己有罪，觉得知识分子真是不干净。我仿佛变成了一个基督教徒，深信“原罪”的说法。在好多好多年，这种“原罪”感深深地印在我的灵魂中。

我当时时发奇想，我希望时间之轮倒拨回去，拨回到战争年代，给我一个机会，让我立功赎罪。我一定会不惜牺牲自己的性命，为了革命，为了民族。我甚至有近乎疯狂的幻想：如果我们的领袖遇到生死危机，我一定会挺身而出，用自己的鲜血与性命来保卫领袖。

我处处自惭形秽。我当时最羡慕、最崇拜的是三种人：老干部、解放军和工人阶级。对我来说，他们的形象至高无上，神圣不可侵犯。在我眼中，他们都是“最可爱的人”，是我终生学习也无法赶上的人。

就这样，我背着沉重的“原罪”的十字架，随时准备深挖自己思想，改造自己的资产阶级思想，真正树立无产阶级思想——除了“毫不利己，专门利人”之外，我到今天也说不出什么是无产阶级思想——脱胎换骨，重新做人。风风雨雨，坎坎坷坷，一会儿山重水复，一会儿柳暗花明，走过了漫长的三十年。

新中国成立初期第一场大型的政治运动，是“三反”、“五反”、思想改造运动。我认真严肃地怀着满腔的虔诚参加了进去。我一辈子不贪污公家一分钱，“三反”、“五反”与我无缘。但是思想改造，我却认为，我的任务是艰巨的，是迫切的。笼统说来，是资产阶级思想，具体说来，则可以分为几项。首先，在新中国成立前，我从对国民党的观察中，得出了一条结论：政治这玩意儿是肮脏的，是污浊的，最好躲得远一点。其次，我认为，外蒙古是被苏联抢走的，中共是受苏联左右的。思想改造，我首先检查、批判这两个思想。当时，当众检查自己的思想叫作“洗澡”，“洗澡”有小、中、大三盆。我是系主任，必须洗中盆，也就是在系师生大会上公开检查。因为我没有什么民愤，没有升入大盆，也就是没有在全校师生大会上检查。

在中盆里，水也是够热的。大家发言异常激烈，有的出于真心实意，有的也不见得。我生平破天荒第一次经过这个阵势。句句话都像利箭一样，射向我的灵魂。但是，因为我仿佛变成一个基督教徒，怀着满腔虔诚的“原罪”感，好像话越是激烈，我越感到舒服，我舒服得浑身流汗，仿佛洗的是土耳其蒸气浴。大会最后让我通过以后，我感动得真流下了眼泪，感到身轻体健，资产阶级思想仿佛真被廓清。

像我这样虔诚的信徒，还有不少，但是也有想蒙混过关的。有一位洗大盆的教授，小盆、中盆，不知洗过多少遍了，群众就是不让通过，终于升至大盆。他破釜沉舟，想一举过关。检讨得痛快淋漓，把自己骂得狗血喷头，连同自己的资产阶级父母，都被波及，他说了父母不少十分难听的话。群众大受感动。然而无巧不成书，主席瞥见他的检讨稿上用红笔写上了几个大字“哭”。每到这地方，他就号啕大哭。主席一宣布，群众大哗。结果如何，就不用说了。

跟着来的是批判电影《武训传》，批《〈红楼梦〉研究》，批判资产阶级学术思想，胡适、俞平伯都榜上有名。后面是揭露和批判胡风“反革命集团”，这是属于敌我矛盾的事件。胡风本人以外，被牵涉的人数不少，艺术界和学术界都有。附带进行了一次清查历史反革命的运动，自杀的人时有所闻。北大一位汽车司机告诉我，到了这样的时候，晚上开车，要十分警惕，怕冷不防有人从黑暗中一下子跳出来，甘愿做轮下之鬼。

到了1957年，政治运动达到了第一次高潮。从规模上来看，从声势上来看，从涉及面之广来看，从持续时间之长来看，都无愧是空前的。

最初只说是党内整风，号召大家提意见，“知无不言，言无不尽”。当时党的威信至高无上。许多爱护党而头脑简单的人，就真提开了意见，有的话说得并不好听，但是绝大部分人是出于一片赤诚之心，结果被揪住了辫子，划为右派。根据“上头”的意见，右派是敌我矛盾作为人民内部矛盾来处理，而且信誓旦旦说：右派永远不许翻案。

有些被抓住辫子的人恍然大悟：原来不是说不抓辫子、不打棍子、不戴帽子吗？这是不是一场阴谋？答曰：否，这不是阴谋，而是阳谋。到了此时，悔之晚矣。戴上右派帽子的人，虽说是人民内部，但是游离于敌我之间，徙倚于人鬼之隙，滋味是够受的。有的人到了二十年之后才被摘掉帽子，然而老夫耄矣。无论如何，这证明了，共产党有改正错误的勇气，是有力量有信心的表现。

当时究竟划了多少右派，确数我不知道。听说右派是有指标的，这指标下达到每一个基层单位，如果没有完成，必须补划。传说出了不少笑话。这都先不去管它。有一件事情，我脑筋里开了点窍：这一场运动，同以前的运动一样，是针对知识分子的。我怀着根深蒂固的“原罪”感，衷心拥护这一场运动。

到了 1958 年，轰轰烈烈的反击右派运动逐渐接近了尾声。但是，车不能停驶，马不能停蹄，立即展开了新的运动，而且这一次运动在很多方面都超越了以前的运动。这一次是精神和物质一齐抓，既要解放生产力，又要肃清资产阶级思想。后者主要是针对学校里的教授，美其名曰“拔白旗”。“白”就代表落后，代表倒退，代表资产阶级思想，是与代表前进、代表革命、代表无产阶级思想的“红”相对立的。大学里和中国科学院里一些“资产阶级教授”，狠狠地被拔了一下白旗。

前者则表现在大炼钢铁上。至于人民公社，则好像是兼而有之。“共产主义是天堂，人民公社是桥梁”，是当时最响亮的口号，大炼钢铁实际上是一场巨大的灾难。全国人民响应号召，到处搜拣废铁，加以冶炼，这件事本来未可厚非。但是，废铁拣完了。为了完成指标，就把完整的铁器，包括煮饭的锅在内，砸成“废铁”，回炉冶炼。全国各地，炼钢的小炉，灿若群星，日夜不熄，蔚为宇宙伟观。然而炼出来的却是一炉炉的废渣。

人人都想早上天堂，于是人民公社，一夜之间，遍布全国，适逢粮食丰收，大家敞开肚皮吃饭。个人的灶都撤掉了，都集中在公共食堂中吃饭。有的粮食烂在地里，无人收割。把群众运动的威力夸大到无边无际，把人定胜天的威力也夸大到无边无际。麻雀被定为四害之一，全国人民起来打之。把粮食的亩产量也无限夸大，从几百斤、几千斤，到几万斤。各地竞相弄虚作假，大放“卫星”。有人说，如果亩产几万斤，则一亩地里光麦粒或谷粒就得铺得老厚，那是完全不可信的。

那时我已经有四十七八岁，不是小孩子了；我是受过高等教育、留过洋的大学教授，然而我对这一切都深信不疑。“人有多大胆，地有多大产”，我是坚信的。我在心中还暗暗地嘲笑那一些“思想没有解放”的“胆小鬼”，觉得唯我独马，唯我独革。

跟着来的是三年灾害。真是“自然灾害”吗？今天看来，未必是的。反正是大家都挨了饿。我在德国挨过五年的饿，“曾经沧海难为水”，我现在一点没有感到难受，半句怪话也没有说过。

从全国形势来看，当时的政策已经“左”到不能再“左”的程度，当务之急当然是反“左”。据说中央也是这样打算的。但是，在庐山会议上，忽然杀出来了一个彭德怀，他上了“万言书”，说了几句真话，这就惹了大祸。于是一场反“左”变为反右。一直到今天，开国元勋中，我最崇拜最尊敬的无过于彭大将军。他是一个难得的硬汉子，豁出命去，也不阿谀奉承，代表了中华民族的浩然正气。

上面既然号召反右，那么就反吧。知识分子们，经过十几年连续不断的运动，都已锻炼成了“运动健将”，都已成了运动的内行里手。这一次我整你，下一次你整我，大家都已习惯这一套了。于是乱乱哄哄，时松时紧，时强时弱，一直反到社教运动。

据我看，社教运动实际上是“无产阶级文化大革命”的前奏曲。我现在就把这两场运动摆在一起来讲。

社会主义教育运动，北大是试点，先走了一步，运动开始后不久学校里就泾渭分明地分了派：被整的与整人的。我也懵懵懂懂地参加了整人的行列。可是有一件事情我不明白，也想不通，新中国成立后第一次萌动了一点“反动思想”：学校的领导都是上面派来的老党员、老干部，我们资产阶级知识分子并起不了多大作用，为什么上头的意思说我们“统治”了学校呢？我百思不得其解。

后来北京市委进行了干预，召开了国际饭店会议，为被批的校领导平反，这里就伏下了“文化大革命”的起因。

1965 年秋天，我参加完了国际饭店会议，被派到京郊南口村去搞农村社教运动。在这里我们真成了领导了，党政财文大权统统掌握在我们手里。但是要求也是非常严格的：不许自己开火做饭，在全村轮流吃派饭，鱼肉蛋不许吃。自己的身份和工资不许暴露，当时农民每日工分不过三四角钱，我的工资是四五百，这样放了出去，怕农民吃惊。时隔三十年，到了今天，再到农村去，我们工资的数目是不肯说，怕说出去让农民笑话。抚今追昔，真不禁感慨系之矣！

这一年的冬天，姚文痞的文章《评新编历史剧〈海瑞罢官〉》发表，敲响了“文化大革命”的钟声。所谓“三家村”的三位主人，我全认识，我在南口村无意中说了出来。这立即被我的一位“高足”牢记在心。后来在“文化大革命”中，这位“高足”原形毕露。为了出人头地，颇多惊人之举，比如说贴口号式的大字报，也要署上自己的名字，引起了轰动。他对我也落井下石，把我“打”成了“三家村的小伙计”。

我于 1966 年 6 月 4 日奉召回校，参加“文化大革命”。最初的一个阶段，是批所谓“资产阶级学术权威”。这次运动又是针对知识分子的，是再明显不过的了，我自然在被批之列。我虽不敢以“学术权威”自命，但是，说自己是资产阶级，我则心悦诚服，毫无怨言。尽管运动来势迅猛，我没有费多大力量就通过了。

后来，北大成立了“革命委员会”，头子就是那位所谓写第一张“马列主义大字报”的“老佛爷”。此人是有后台的，广通声气，据说还能通天，与江青关系密切。她不学无术，每次讲话，必出错误；但是却骄横跋扈，炙手可热。此时她成了全国名人，每天到北大来“取经”朝拜的上万人，上十万人。弄得好端端一个燕园乱七八糟，乌烟瘴气。

随着运动的发展，北大逐渐分了派。“老佛爷”这一派叫“新北大公社”，是抓掌大权的“当权派”。它的对立面叫“井山”，是被压迫的。两派在行动上很难说有多少区别，都搞打、砸、抢，都不懂什么叫法律。上面号召：“革命无罪，造反有理。”这就是至高无上的法律。我越过第一阵强烈的风暴，问题算是定了。我逍遥了一阵子，日子过得满惬意。如果我这样逍遥下去的话，太大的风险不会再有了。我现在无异是过了昭关的伍子胥。我是一个胆小怕事的人，这是常态；但是有时候我胆子又特别大。在我一生中，这样的情况也出现过几次，这是变态。及今思之，我这个人如果有什么价值的话，价值就表现在变态上。

这种变态在“文化大革命”又出现过一次。

在“老佛爷”仗着后台硬为所欲为无法无天的时候，校园里残暴野蛮的事情越来越多。抄家、批斗、打人、骂人，脖子上挂大木牌子、头上戴高帽子，任意污辱人、放胆造谣言，以至发展到用长矛杀人，不用说人性，连兽性都没有了。我认为这不符合群众路线，不符合什么人的“革命路线”。放着安稳的日子不过，我又发了牛脾气，自己跳了出来，其中危险我是知道的。我在日记里写过：“为了保卫什么人的革命路线，虽粉身碎骨，在所不辞。”这完全是真诚的，半点虚伪也没有。

同时，我还有点自信：我头上没有辫子，屁股上没有尾巴。我没有参加过国民党或任何反动组织，没有干反人民的事情。我怀着冒险、侥幸又还有点自信的心情，挺身出来反对那一位“老佛爷”。我完完全全是“自己跳出来”的。

没想到，也可以说是已经想到，这一跳就跳进了“牛棚”。我在群众中有一定的影响，我起来在太岁头上动土，“老佛爷”恨我入骨，必欲置之死地而后快。我被抄家、被批斗，被打得头破血流、鼻青脸肿。我并不是那种豁达大度什么都不在乎的人，我一时被斗得晕头转向，下定决心，自己结束自己的性命。决心既下，我心情反而显得异常平静，简直平静得有点可怕。我把历年积攒的安眠药片和药水都装到口袋里，最后看了与我共患难的婶母和老伴一眼，刚准备出门跳墙逃走，大门上响起了雷鸣般的撞门声：“新北大公社”的红卫兵来押解我到大饭厅去批斗了。这真正是千钧一发呀！这一场批斗进行得十分激烈，十分野蛮，我被打得躺在地上站不起来。然而我一下得到了“顿悟”：一个人忍受挨打折磨的能力，是没有极限的。我能够忍受下去的！我不死了！我要活下去！

我的确活下来了。然而，在刚离开“牛棚”的时候，我已经虽生犹死，我成了一个半白痴，到商店去买东西，不知道怎样说话。让我抬起头来走路，我觉得不习惯。耳边不再响起“妈的！”“混蛋！”“王八蛋！”一类的词儿，我觉得奇怪。见了人，我是口欲张而嗫嚅，足欲行而趑趄。我几乎成了一具行尸走肉，我已经“异化”为“非人”。

我的确活下来了，然而一个念头老在咬我的心。我一向信奉的“士可杀，不可辱”的教条，怎么到了现在竟被我完全地抛到脑后了呢？我有勇气仗义执言、打抱不平，为什么竟没有勇气用自己的性命来抗议这种暴行呢？我有时甚至觉得，隐忍苟活是可耻的。然而，怪还不怪在我的后悔，而在于我在很长的时间内并没有把这件事同整个的“文化大革命”联系在一起。一直到 1976 年“四人帮”被打倒，我一直拥护七八年一次、一次七八年的“革命”。可见我的政治嗅觉是多么迟钝。

我做了四十多年的梦。我怀拥“原罪感”四十多年。上面提到的我那三个崇拜对象，我一直崇拜了四十多年。所有这一切对我来说是十分神圣的东西，都被“文化大革命”打得粉碎，而今安在哉！我不否认，我这几个崇拜对象大部分还是好的，我不应从一个极端走向另一个极端。至于我衷心拥护了十年的“文化大革命”，则是另一码事。这是中国历史上空前的最野蛮、最残暴、最愚昧、最荒谬的一场悲剧，它给伟大的中华民族脸上抹了黑。我们永远不应忘记！

“四人帮”垮台，“无产阶级文化大革命”结束以后，中央拨乱反正，实行了改革开放的政策，受到了全国人民的拥护。时间并不太长，取得的成绩有目共睹。在全国人民眼前，全国知识分子眼前，天日重明，又有了希望。

我在上面讲述了新中国成立后四十多年来的遭遇和感受。在这一段时间内，我的心镜里照出来的是运动、运动、运动，照出来的是我个人和众多知识分子的遭遇；照出来的是我个人由懵懂到清醒的过程；照出来的是全国人民从政治和经济危机的深渊岸边回头走向富庶的转机。

我在20世纪生活了八十多年了。再过七年，这一世纪，这一千纪就要结束了。这是一个非常复杂、变化多端的世纪。我心里这一面镜子照见的东西当然也是富于变化的，五花八门的，但又多姿多彩的。它既照见了阳关大道，也照见了独木小桥，它既照见了山重水复，也照见了柳暗花明。我不敢保证我这一面心镜绝对通明锃亮，但是我却相信，它是可靠的，其中反映的倒影是符合实际的。

我揣着这一面镜子，一揣揣了八十多年。我现在怎样来评价镜子里照出来的20世纪呢？我现在怎样来评价镜子里照出来的我的一生呢？呜呼，慨难言矣！慨难言矣！“却道天凉好个秋”，我效法这一句词，说上一句：天凉好个冬！

只有一点我是有信心的：21世纪将是中国文化（东方文化的核心）复兴的世纪。现在世界上出现了许多影响人类生存前途的弊端，比如人口爆炸、大自然被污染、生态平衡被破坏、臭氧层被破坏、粮食生产有限、淡水资源匮乏等，这只有中国文化能克服，这就是我的最后信念。

1993年2月17日原载《东方》1994年第4、5期

忘

记得曾在什么地方听过一个笑话：一个人善忘。一天，他到野外去出恭。任务完成后，却找不到自己的腰带了。出了一身汗，好歹找到了，大喜过望，说道："今天运气真不错，平白无故地捡了一条腰带！"一转身，不小心，踩到了自己刚才拉出来的屎堆上。于是勃然大怒："这是哪一条混账狗在这里拉了一泡屎？"

这本来是一个笑话，在我们现实生活中，未必会有的。但是，人一老，就容易忘事糊涂，却是经常见到的事。

我认识一位著名的画家，本来是并不糊涂的。但是，年过八旬以后，却慢慢地忘事糊涂起来。我们将近半个世纪以前就认识了，颇能谈得来，而且平常也还是有些接触的。然而，最近几年来，每次见面，他把我的尊姓大名完全忘了。从眼镜后面流出来的淳朴宽厚的目光，落到我的脸上，其中饱含着疑惑的神气。我连忙说："我是季羡林，是北京大学的。"他点头称是。但是，过了没有五分钟，他又问我：“你是谁呀！”我敬谨回答如上。在每一次会面中，尽管时间不长，这样尴尬的局面总会出现几次。我心里想：老友确是老了！

有一年，我们邂逅在香港。一位有名的企业家设盛筵，宴嘉宾。香港著名的人物参加者为数颇多，比如饶宗颐、邵逸夫、杨振宁等先生都在其中。宽敞典雅、雍容华贵的宴会厅里，一时珠光宝气，璀璨生辉，可谓极一时之盛。至于菜肴之精美，服务之周到，自然更不在话下了。我同这一位画家老友都是主宾，被安排在主人座旁。但是正当觥筹交错、逸兴遄飞之际，他忽然站了起来，转身要走，他大概认为宴会已经结束，到了拜拜的时候了。众人愕然，他夫人深知内情，赶快起身，把他拦住，又拉回到座位上，避免了一场尴尬的局面。

前几年，中国敦煌吐鲁番学会在富丽堂皇的北京图书馆的大报告厅里举行年会。我这位画家老友是敦煌学界的元老之一，获得了普遍的尊敬。按照中国现行的礼节，必须请他上主席台并且讲话。但是，这却带来了困难。像许多老年人一样，他脑袋里刹车的部件似乎老化失灵。一说话，往往像开汽车一样，刹不住车，说个不停，没完没了。会议是有时间限制的，听众的忍耐也绝非无限。在这危难之际，我同他的夫人商议，由她写一个简短的发言稿，往他口袋里一塞，叮嘱他念完就算完事，不悖行礼如仪的常规。然而他一开口讲话，稿子之事早已忘入九霄云外。看样子是打算从盘古开天辟地讲起。照这样下去，讲上几千年，也讲不到今天的会。到了听众都变成了化石的时候，他也许才讲到春秋战国！我心里急如热锅上的蚂蚁，忽然想到：按既定方针办。我请他的夫人上台，从他的口袋掏出了讲稿，耳语了几句。他恍然大悟，点头称是，把讲稿念完，回到原来的座位。于是一场惊险才化险为夷，皆大欢喜。

我比这位老友小六七岁。有人赞我耳聪目明，实际上是耳欠聪，目欠明。如人饮水，冷暖自知，其中滋味，实不足为外人道也。但是，我脑袋里的刹车部件，虽然老化，尚可使用。再加上我有点自知之明，我的新座右铭是：老年之人，刹车失灵，戒之在说。一向奉行不违，还没有碰到下不了台的窘境。在潜意识中颇有点沾沾自喜了。

然而我的记忆机构也逐渐出现了问题。虽然还没有达到画家老友那样“神品”的水平，也已颇有可观。在这方面，我是独辟蹊径，创立了有季羡林特色的“忘”的学派。

我一向对自己的记忆力，特别是形象的记忆，是颇有一点自信的。四五十年前，甚至六七十年前的一个眼神、一个手势，至今记忆犹新，招之即来，显现在眼前、耳旁，如见其形，如闻其声，移到纸上，即成文章。可是，最近几年以来，古旧的记忆尚能保存。对眼前非常熟的人，见面时往往忘记了他的姓名。在第一瞥中，他的名字似乎就在嘴边、舌上。然而一转瞬间，不到十分之一秒，这个呼之欲出的姓名，就蓦地隐藏了起来，再也说不出了。说不出，也就算了，这无关宇宙大事，国家大事，甚至个人大事，完全可以置之不理的。而且脑袋里电灯似的断了的保险丝，还会接上的。些许小事，何必介意？然而不行，它成了我的一块心病。我像着了魔似的，走路、看书、吃饭、睡觉，只要思路一转，立即想起此事。好像是，如果想不出来，自己就无法活下去，地球就停止了转动。我从字形上追忆，没有结果；我从发音上追忆，结果杳然。最怕半夜里醒来，本来睡得香香甜甜，如果没有干扰，保证一夜幸福。然而，像电光火石一闪，名字问题又浮现出来。古人常说的平旦之气，是非常美妙的，然而此时却美妙不起来了。我辗转反侧，瞪着眼一直瞪到天亮。其苦味实不足为外人道也。但是，不知道是哪一位神灵保佑，脑袋又像电光火石似的忽然一闪，他的姓名一下子出现了。古人形容快乐常说“洞房花烛夜，金榜题名时”，差可同我此时的心情相比。

这样小小的悲喜剧，一出刚完，又会来第二出，有时候对于同一个人的姓名，竟会上演两出这样的戏。而且出现的频率还是越来越多。自己不得不承认，自己确实是老了。郑板桥说：“难得糊涂。”对我来说，并不难得，我于无意中得之，岂不快哉！

然而忘事糊涂就一点好处都没有吗？

我认为，有的，而且很大。自己年纪越来越老，对于“忘”的评价却越来越高，高到了宗教信仰和哲学思辨的水平。苏东坡的词说：“人有悲欢离合，月有阴晴圆缺，此事古难全。”他是把悲和欢、离和合并提。然而古人说：不如意事常八九。这是深有体会之言。悲总是多于欢，离总是多于合，几乎每个人都是这样。如果造物主（如果真有的话）不赋予人类以“忘”的本领（我宁愿称之为本能），那么，我们人类在这么多的悲和离的重压下，能够活下去吗？我常常暗自胡思乱想：造物主这玩意儿（用《水浒》的词儿，应该说是“这话儿”）真是非常有意思。他（她？它？）既严肃，又油滑；既慈悲，又残忍。老子说：“天地不仁，以万物为刍狗。”这话真说到了点子上。人生下来，既能得到一点乐趣，又必须忍受大量的痛苦，后者所占的比重要多得多。如果不能“忘”，或者没有“忘”这个本能，那么痛苦就会时时刻刻都新鲜生动，时时刻刻像初产生时那样剧烈残酷地折磨着你。这是任何人都无法忍受下去的。然而，人能“忘”，渐渐地从剧烈到淡漠，再淡漠，再淡漠，终于只剩下一点残痕；有人，特别是诗人，甚至爱抚这一点残痕，写出了动人心魄的诗篇，这样的例子，文学史上还少吗？

因此，我必须给赋予我们人类“忘”的本能的造化小儿大唱赞歌。试问，世界上哪一个圣人、贤人、哲人、诗人、阔人、猛人、这人、那人，能有这样的本领呢？

我还必须给“忘”大唱赞歌。试问：如果人人一点都不忘，我们的世界会成什么样子呢？

遗憾的是，我现在尽管在“忘”的方面已经建立了有季羡林特色的学派，可是自谓在这方面仍是钝根。真要想达到我那位画家朋友的水平，仍须努力。如果想达到我在上面说的那个笑话中人的境界，仍是可望而不可即。但是，我并不气馁，我并没有失掉信心，有朝一日，我总会达到的。勉之哉！勉之哉！

1993 年 7 月 6 日

在病中

我是在病中。

我是在病中吗？才下结论，立即反驳，常识判断，难免滑稽。但其中不是没有理由的。

早期历史

对于我这一次病的认识，有一个漫长的过程。不但我自己和我身边的人是这个样子，连大夫看来也不例外。这是符合认识事物的规律的，不足为怪。

我患的究竟是一种什么病呢？这件事三言两语说不清楚。

约莫在三十年以前，身上开始有了发痒的毛病。每年到冬天，气候干燥时，两条小腿上就出现小水泡，有时溃烂流水，我就用护肤膏把它贴上，有时候贴得横七竖八，不成体系，看上去极为可笑。我们不懂医学，就胡乱称之为皮炎。我的学生张保胜曾陪我到东城宽街中医研究院，去向当时的皮肤科权威赵炳南教授求诊。整整等候了一个上午，快到十二点了，该加的塞都加过以后，才轮到了我。赵大夫在一群医生和研究生的围拥下，如大将军八面威风。他号了号脉，查看了一下，给我开了一服中药，回家煎服后，确有效果。

后来赵大夫去世，他的接班人是姓王的一位大夫，名字忘记了，我们俩同是全国人大代表北京代表团的成员。平常当然会有所接触，但是，他那一副权威相让我不大愿意接近他。后来，皮炎又发作了，非接触不行了，只好又赶到宽街向他求诊。到了现在，我才知道，我患的病叫作老年慢性瘙痒症。不正名倒也罢了，一正名反而让我感到滑稽，明明已经流水了，怎能用一个“瘙痒”了之！但这是他们医学专家的事，吾辈外行还以闭嘴为佳。

西苑医院

以后，出我意料地平静了一个时期。大概在两年前，全身忽然发痒，夜里更厉害。问了问身边的友人，患此症者，颇不乏人。有人试过中医，有人试过西医，大都不尽如人意。只能忍痒负重，勉强对付。至于我自己，我是先天下之痒而痒，而且双臂上渐出红点。我对病的政策一向是拖，不是病拖垮了我，就是我拖垮了病。这次也拖了几天。但是，看来病的劲比我大，决心似乎也大。有道是“好汉不吃眼前亏”，我还是屈服吧。

屈服的表现就是到了西苑医院。

西苑医院几乎同北大是邻居。在全国中医院中广有名声。而且那里有一位大夫是公认为皮肤科的权威，他就是邹铭西大夫。我对他的过去了解不多，我不知道他同赵炳南的关系。是否有师弟之谊，是否同一个门派，统统不知道。但是，从第一次看病起，我就发现邹大夫的一些特点。他诊病时，诊桌旁也是坐满了年轻的大夫、研究生、外来的学习者。邹大夫端居中央，众星拱之。按常识，存在决定意识，他应该傲气凌人，顾盼自雄。然而，实际却正相反。他对病人笑容满面、和颜悦色，一点大夫容易有的超自信都不见踪影。有一位年老的身着朴素的女病人，腿上长着许多小水泡，有的还在流着脓。但是，邹大夫一点也不嫌脏，亲手抚摩患处。我是个病人，我了解病人心态。大夫极细微的面部表情，都能给病人极大的影响。眼前他的健康，甚至生命就攥在大夫手里，他焉得而不敏感呢？中国有一个词儿，叫作“医德”。医德是独立于医术之外的一种品质。我个人想，在治疗过程中，医德和医术恐怕要平分秋色吧。

我把我的病情向邹大夫报告清楚，并把手臂上的小红点指给他看。他伸手摸了摸，号了号脉，然后给我开了一服中药。回家煎服，没有过几天，小红点逐渐消失了。不过身上的痒还没有停止。我从邹大夫处带回来几瓶止痒药水，使用了几次，起初有用，后来就逐渐失效。接着又从友人范曾先生处要来几瓶西医的止痒药水，使用的结果同中医的药水完全相同，我没有别的办法，只好交替使用，起用了我的“拖病”的政策。反正每天半夜里必须爬起来，用自己的指甲，浑身乱搔。痒这玩意儿也是会欺负人的：你越搔，它越痒。实在不胜其烦了，决心停止，强忍一会儿，也就天下太平了。后背自己搔不着，就使用一种山东叫痒痒挠的竹子做成的耙子似的东西。古代文人好像把这玩意儿叫“竹夫人”。

这样对付了一段时间，我没有能把病拖垮，病却似乎要占上风。我两个手心里忽然长出了一层小疙瘩，有点痒，摸上去皮粗，极不舒服。这使我不得不承认，我的拖病政策失败了，赶快回心向善，改弦更张吧。

西苑二进宫

又由玉洁和杨锐陪伴着走进了邹大夫的诊室。他看了看我的手心，自言自语地轻声说道：“典型的湿疹！”又站起来，站在椅子背后，面对我说：“我给你吃一服苦药，很苦很苦的！”

取药回家，煎服以后，果然是很苦很苦的。我服药虽非老将，但生平也服了不少。像这样的苦药还从来没有服过。我服药一向以勇士自居，不管是丸药还是汤药，我向来不问什么味道，拿来便吃，眉头从没有皱过。但是，这一次碰到邹大夫的“苦药”，我才真算是碰到克星。药杯到口，苦气猛冲，我下定决心，不怕牺牲，排解万难，几口喝净，又赶快要来冰糖两块，以打扫战场。

服药以后，一两天内，双手手心皮肤下大面积地充水。然后又转到手背，在手背和十个指头上到处起水泡，有大有小，高低不一。但是泡里的水势都异常旺盛，不慎碰破，水能够滋出很远很远，有时候滋到头上和脸上。有时候我感到非常腻味，便启用了老办法、土办法：用消过毒的针把水泡刺穿，放水流出。然而殊不知这水泡斗争性极强，元气淋漓。你把它刺破水出，但立即又充满了水，让你刺不胜刺。有时候半夜醒来，瞥见手上的水泡（我在这里补一句，脚上后来也长起了水泡），心里别扭得不能入睡，便起身挑灯夜战。手持我的金箍狼牙棒，对水泡一一宣战。有时候用一个多小时的时间才只能刺破一小部分，人极疲烦，只好废然而止。第二天早晨起来，又看到满手的水泡颗粒饱圆，森然列队，向我示威。我连剩勇都没有了，只能徒唤负负，心甘情愿地承认自己是败兵之将，不敢言战矣。

西苑三进宫

不敢言战，是不行的。水泡家族，赫然犹在，而且鼎盛辉煌，傲视一切。我于是又想到了邹铭西大夫。

邹大夫看了看我的双手，用指头戳了戳什么地方，用手指着我左手腕骨上的几个小水泡，轻声地说了一句什么，群弟子点头会意。邹大夫面色很严肃，说道："水泡一旦扩张到了咽喉，事情就不好办了！"这是不是意味着，在邹大夫眼中我的病已经由量变到质变了呢？玉洁请他开一个药方。此时，邹大夫的表情更严肃了。"赶快到大医院去住院观察！"

我听说——只是听说，旧社会有经验的医生，碰到重危的病人，一看势头不对，赶快敬谢不迭，让主人另请高明，一走了事。当时好像没有什么抢救的概念和举措，事实上没有设备，何从抢救！但是，我看，今天邹大夫绝不是这样子。

我又臆测这次发病的原因。最近半年多以来，不知由于什么缘故，总是不想吃东西，从来没有饿的感觉。一坐近饭桌，就如坐针毡。食品的色香味都引不起我的食欲。严重一点的话，简直可以称之为厌食症——有没有这样一个病名？我猜想，自己肚子里毒气或什么不好的气窝藏了太多，非排除一下不行了。邹大夫嘴里说的极苦极苦的药，大概就是想解决这个问题的。可能是在估计方面有了点差距，所以排除出来的变为水泡的数量，大大地超过了预计。邹大夫成了把魔鬼放出禁瓶的张天师了。挽回的办法只有一个：劝我进大医院住院观察。

只可惜我没有立即执行，结果惹起了一场颇带些危险性的大患。

张衡插曲

张衡，是我山东大学的小校友。毕业后来北京从事书籍古玩贸易，成绩斐然。他为人精明干练、淳朴诚悫。多少年来，对我帮助极大，我们成为亲密的忘年交。

对于我的事情，张衡无不努力去办，何况这一次水泡事件可以说是一件大事，他哪能袖手旁观？他不知道从什么地方得知了这个消息。7 月 27 日晚上，我已经睡下，在忙碌了一天之后，张衡风风火火地跑了进来，手里拿着白矾和中草药。他立即把中药熬好，倒在脸盆里，让我先把双手泡进去，泡一会儿，把手上的血淋淋的水泡都用白矾末埋起来。双脚也照此处理，然后把手脚用布缠起来，我不太安然地进入睡乡。半夜里，双手双脚实在缠得难受，我起来全部抖搂掉了，然后又睡。第二天早晨一看，白矾末确实起了作用，它把水泡粘住或糊住了一部分，似乎是凝结了。然而，且慢高兴，从白矾块的下面或旁边又突出了一个更大的水泡，生意盎然，笑傲东风。我看了真是啼笑皆非。

张衡绝不是鲁莽的人，他这一套做法是有根据的。他在大学里学的是文学，不知什么时候又学了中医，好像还给人看过病。他这一套似乎是民间验方和中医相结合的产物。根据我的观察，一开始他信心十足，认为这不过是小事一桩，用不着担心。但是，试了几次之后，他的锐气也动摇了。有一天晚上，他也提出了进医院观察的建议，他同邹铭西大夫成了“同志”了。可惜我没有立即成为他们的“同志”，我不想进医院。

艰苦挣扎

在从那时以后的十几二十天里是我一生思想感情最复杂最矛盾最困惑的时期之一。总的心情，可以归纳成两句话：侥幸心理、掉以轻心、蒙混过关的想法与担心恐惧、害怕病情发展到不知伊于胡底的心理相纠缠；无病的幻象与有病的实际相磨合。

中国人常使用一个词儿“癣疥之疾”，认为是无足轻重的。我觉得自己患的正是“癣疥之疾”，不必大惊小怪。在身边的朋友和大夫口中也常听到类似的意见。张衡就曾说过，只要撒上白矾末，第二天就能一切复原。北大校医院的张大夫也说，过去某校长也患过这样的病，住在校医院里输液，一个礼拜后就出院走人。同时，大概是由于张大夫给了点激素吃，胃口忽然大开，看到食品，就想狼吞虎咽，自己认为是个吉兆。又听我的学生上海复旦的钱文忠说，毒水流得越多，毒气出得越多，这是好事，不是坏事。所有这一切都是我爱听的话，很符合我当时苟且偷安的心情。

但这仅仅是事情的一面，事情还有另外一面。水泡的声威与日俱增，两手两脚上布满了泡泡和黑痂。然而客人依然不断，采访的、录音的、录像的，络绎不绝。虽经玉洁奋力阻挡，然而，撼山易，撼这种局面难。客人一到，我不敢伸手同人家握手，怕传染了人家，而且手也太不雅观。道歉的话一天不知说多少遍，简直可以录音播放。我最怕的还不是说话，而是照相，然而照相又偏偏成了应有之仪，有不少人就是为了照一张相，不远千里跋涉而来。从前照相，我可以大大方方，端坐在那里，装模作样，电光一闪，大功告成。现在我却嫌我多长了两只手。手上那些东西能够原封不动地让人照出来吗？这些东西，一旦上了报，上了电视，岂不是一失足成千古恨了吗？因此，我一听照相就觳觫不安，赶快把双手藏在背后，还得勉强“笑一笑”哩。

这样的日子好过吗？

静夜醒来，看到自己手上和脚上这一群丑类，心里要怎么恶心就怎么恶心，要怎样头痛就怎样头痛。然而却是束手无策。水泡长到别的地方，我已经习惯了。但是，我偶尔摸一下指甲盖，发现里面也充满了水，我真有点毛了。这种地方一般是不长什么东西的。今天忽然发现有了水，即使想用针去扎，也无从下手。我泄了气。

我蓦地联想到一件与此有点类似的事情。20世纪50年代后期全国人民头脑发热的时候，在北京号召全城人民打麻雀的那一天，我到京西斋堂去看望下放劳动的干部，适逢大雨。下放干部告诉我，此时山上树下出现了无数的蛇洞，每一个洞口都露出一个蛇头，漫山遍野，蔚为宇宙奇观。我大吃一惊，哪敢去看！我一想到那些洞口的蛇头，身上就起鸡皮疙瘩。我眼前手脚上的丑类确不是蛇头，然而令我厌恶的程度绝不会小于那些蛇头。可是，蛇头我可以不想不看，而这些丑类却就长在我身上，如影随形，时时跟着你。我心里烦到了要发疯的程度。我真想拿一把板斧，把双手砍掉，宁愿不要双手，也不要这些丑类！

我又陷入了病与不病的怪圈。手脚上长了这么多丑恶的东西，时常去找医生，还要不厌其烦地同白矾和中草药打交道，能说不是病吗？即使退上几步，说它不过是癣疥之疾，也没能脱离了病的范畴。可是，在另一方面，能吃能睡、能接待客人、能畅读、能照相，还能看书写字，读傅彬然的日记、张学良的口述历史，怎么能说是病呢？

左右考虑，思绪不断，最后还是理智占了上风，我不得不承认，自己是在病中了。

三〇一医院

结论一出，下面的行动就顺理成章了：首先是进医院。

于是就在我还有点三心二意的情况下，玉洁和杨锐把我裹挟到了三〇一医院，找我的老学生这里的老院长牟善初大夫，见到了他和他的助手、学生和秘书——那位秀外慧中、活泼开朗的周大夫。

这里要加上一段插曲。

去年12月我曾来这里住院，治疗小便便血。在12月31日——一年的最后一天，我才离开医院。那一次住的是南八楼，算是准高干病房，设备不错而收费却高。再上一层，才是真正的高干病房，病人须是部队少将以上的首长，文职须是副部级以上的干部。玉洁心有所不平，见人就嚷嚷，以致最后传到了中央几个部的领导耳中。中组部派了一位局长来到我家，说1982年我已经被定为副部级待遇。由于北大方面在某一个环节上出了点问题，在过去二十年中，校领导更换了几度，谁也不知此事。现在真相既已大白，我可以名正言顺地住进真正的高干病房来了。但是，这里的病房异常紧张。我们坐在善初的办公室里，他亲自打电话给林副院长，林立即批准，给我在呼吸道科病房里挤出了一间房子，我们就住了进来，正式名称是三〇一医院南楼一病室（ward）十三床。据说，许多部队的高级将领都曾在这里住过。病室占了整整一层楼，共有十八个房间，每间有五六十平方米。这样大的病房，我在北京各大医院还没有看到过。还有一点特别之处，这里把病人都称为“首长”，连书面通知文件上也不例外。事实上，这里的病人确乎都是首长。只有现在我一个文职人员。一个教书匠，无端挤了进来，自己觉得有点滑稽而已，有时也有受宠若惊之感。这里警卫极为森严，楼外日夜有解放军站岗，想进来是不容易的。

人虽然住进来了，但是问题还并没有最后解决。医院的皮肤科主任李恒进大夫心头还有顾虑，他不大愿意接受我这个病人。刚搬进十三号病房时，本院的眼科主任魏世辉大夫有事来找我，他们俩是很要好的朋友。李大夫说，北大三院水平高，那里还有皮肤科研究所。但是魏大夫却笑着说：“你是西医皮肤科权威大夫之一。你是怕给季羡林治病治不好，砸了牌子！”最后，李大夫无话可说，笑了一笑，大局就这样敲定了。

皮肤科群星谱

说老实话，过去我对三〇一医院的皮肤科毫无所知，这次我来投奔的是三〇一三个大字。既然生的是皮肤病，当然就要同皮肤科打交道。打交道的过程，也就是我认识皮肤科的过程。

本科的人数不是太多，只有十几个人。主任就是李恒进大夫。副主任是冯峥大夫，还有一位年轻的汪明华大夫，平常跟我打交道的就是他们三位。我们过去从来没有见过面，彼此是陌生的。互相认识，要从头开始。不久我就发现了他们身上一些优秀的亮点。我在上面已经提到过，李大夫原来是不想收留我的，是我赖着不走，才得以留下的。一旦留下，李大夫就显露出他那在别人身上少见的细致与谨慎，这都是责任心的表现。有一次，我坐在沙发上，他站在旁边，我看到他陷入沉思，面色极其庄严，自言自语地说道："药用多了，这么老的老人怕受不了。用少了，则将旷日持久，治不好病。"最后我看他下了决心，又稍稍把药量加重了点。这是一件小事，无形中却感动了我这个病人。以后，我逐渐发现在冯峥大夫身上这种小心谨慎的作风也十分突出。一个不大的医疗集体中两位领导人的医风和医德，一定会起着决定性的作用。因此，我可以断定，三〇一医院的皮肤科一定是一个可以十分信赖的集体。

两次大会诊

我究竟患的是什么病？进院时并没有结论。李大夫看了以后，心中好像是也没有多少底，但却轻声提到了病的名称，完全符合他那小心谨慎对病人绝对负责的医德医风，他不惜奔波劳碌，不怕麻烦，动员了全科和全院的大夫，再加上北京其他著名医院的一些皮肤科名医，组织了两次大会诊。

我是8月15日下午四时许进院的，搬入南楼，人生地疏，心里迷离模糊，只睡了一夜，第二天早晨，第一次会诊就举行了，距我进院还不到十几个小时，中间还隔了一个夜晚，可见李大夫心情之迫切，会诊的地点就在我的病房里。在扑朔迷离中，我只看到满屋白大褂在闪着白光，人却难以分辨。我偶一抬头，看到了邹铭西大夫的面孔，原来他也被请来了。我赶快向他做检讨，没有听他的话，早来医院，致遭今日之困难与周折，他一笑置之，没有说什么。每一位大夫对我查看了一遍。李大夫还让我咳一咳喉咙，意思是想听一听，里面是否已经起了水泡。幸而没有，大夫们就退到会议室里去开会了。

紧接着在第二天上午就举行了第二次会诊。这一次是邀请院内的一些科系的主治大夫，研究一下我皮肤病以外的身体的情况。最后确定了我患的是天疱疮。李大夫还在当天下午邀请了北大校长许智宏院士和副校长迟惠生教授来院，向他们说明我的病可能颇有点麻烦，让他们心中有底，免得以后另生枝节。

在我心中，我实在异常地感激李大夫和三〇一医院。我算一个什么重要的人物！竟让他们这样惊师动众。我从内心深处感到愧疚。

三〇一英雄小聚义

但是，我并没有愁眉苦脸，心情郁闷。我内心里依然平静，我并没有意识到我现在的处境有什么潜在的危险性。

我的学生刘波，本来准备一次盛大宴会，庆祝我的九二华诞。可偏在此时，我进了医院。他就改变主意，把祝寿与祝进院结合起来举行，被邀请者都是1960年我开办梵文班以来四十余年的梵文弟子和再传弟子，济济一堂，时间是我入院的第三天：8月18日。事情也真凑巧，远在万里之外大洋彼岸的任远正在国内省亲，她也赶来参加了，凭空增添了几分喜庆。我个人因为满手满脚的丑类尚未能消灭，只能待在病房里，不能参加。但是，看到四十多年来我的弟子们在许多方面都卓有建树，印度学的中国学派终于形成了，在国际上我们中国的印度学者有了发言权了，湔雪了几百年的耻辱，快何如之！

死的浮想

但是，我心中并没有真正达到我自己认为的那样的平静，对生死还没有能真正置之度外。

就在住进病房的第四天夜里，我已经上了床躺下，在尚未入睡之前我偶尔用舌尖舔了舔上颚，蓦地舔到了两个小水泡。这本来是可能已经存在的东西，只是没有舔到过而已。今天一旦舔到，忽然联想起邹铭西大夫的话和李恒进大夫对我的要求，舌头仿佛被火球烫了一下，立即紧张起来。难道水泡已经长到咽喉里面来了吗?

我此时此刻迷迷糊糊，思维中理智的成分已经所余无几，剩下的是一些接近病态的本能的东西。一个很大的“死”字突然出现在眼前，在我头顶上飞舞盘旋。在燕园里，最近十几年来我常常看到某一个老教授的门口开来救护车，老教授登车的时候心中做何感想，我不知道，但是，在我心中，我想到的却是“风萧萧兮易水寒，壮士一去兮不复还”！事实上，复还的人确实少到几乎没有。我今天难道也将变成荆轲了吗？我还能不能再见到我离家时正在十里飘香绿盖擎天的季荷呢！我还能不能再看到那一个对我依依不舍的白色的波斯猫呢？

其实，我并不是怕死。我一向认为，我是一个几乎死过一次的人。“十年浩劫”中，我曾下定决心“自绝于人民”。我在上衣口袋里，在裤子口袋里装满了安眠药片和安眠药水，想采用先进的资本主义自杀方式，以表示自己的进步。在这千钧一发之际，押解我去接受批斗的牢头禁子猛烈地踢开了我的房门，从而阻止了我到阎王爷那里去报到的可能。批斗回来以后，虽然被打得鼻青脸肿，帽子丢掉了，鞋丢掉了一只，身上全是革命小将，也或许有中将和老将吐的痰。游街仪式完成后，被一脚从汽车上踹下来的时候，躺在11月底的寒风中，半天爬不起来。然而，我“顿悟”了。批斗原来是这样子呀！是完全可以忍受的。我又下定决心，不再自寻短见，想活着看一看，“看你横行到几时”。

一个人临死前的心情，我完全有感性认识。我当时心情异常平静，平静到一直到今天我都难以理解的程度。老祖和德华谁也没有发现，我的神情有什么变化。我对自己这种表现感到十分满意，我自认已经参透了生死奥秘，度过了生死大关，而沾沾自喜，认为自己已经修养得差不多了，已经大大地有异于常人了。

然而黄铜当不了真金，假的就是假的，到了今天，三十多年已经过去了，自己竟然被上颚上的两个微不足道的小水泡吓破了胆，使自己的真相完全暴露于光天化日之下，这完全出乎我的意料。我自己辩解说，那天晚上的行动只不过是一阵不正常的歇斯底里爆发。但是正常的东西往往寓于不正常之中。我虽已经痴长九十二岁，对人生的参透还有极长的距离。今后仍须加紧努力。

皮癌的威胁

常言道“屋漏偏遭连夜雨，船破又遇打头风”，前一天夜里演了那一出极短的闹剧（melodrama）之后，第二天早晨，大夫就通知要进行B超检查。我心里咯噔一下子紧张了起来。

谁都知道，检查B超是做什么用的。在每年履行的查体中做B超检查，是应有的过程，大家不会紧张。但是，一个人如果平白无故地被提溜出来检查B超，他一定会十分紧张的。我今天就是这样。

我在三〇一医院是有“前科”的。去年年底来住院，曾被怀疑有膀胱癌。后来经过彻底检查，还了我的清白。今年手脚上又长了这一堆丑类，不痛不痒，却蕴含着神秘的危害性。我看，大概有的大夫就把这现象同皮癌联系上了，于是让我进行彻底的B超检查。B超大夫在我的小腹上对准膀胱所在的地方，使劲往下按。我就知道，他了解我去年的情况。经过十分认真的检查，结论是，我与那种闻之令人战栗的绝症无关。这对我的精神无疑是一个极大的解脱。

奇迹的出现

按照以李、冯两位主任为代表的皮肤科的十分小心谨慎的医风，许多假设都被否定，现在能够在我手脚上那种乱糊糊的无序中找出了头绪，抓住了真实的要害，可以下药了。但是，他们又考虑到我的年龄。药量大了，怕受不了；小了，又怕治不了病，再三斟酌才给定下了药量。于是立即下药，药片药丸粒粒像金刚杵、照妖镜，打在群丑身上，使它们毫无遁形的机会，个个缴械投降，把尾巴垂了下来。水泡干瘪了，干瘪了的结成了痂。在不到几天的时间内，黑痂脱落，又恢复了我原来手脚的面目。我伸出了自己的双手，看到细润光泽，心中如饮醍醐。

奇迹终于出现了。我这一次总算是没有找错地方。常言道："大难不死，必有后福"，这一次我的难多大，我说不清楚，反正总算是一难，这是毫无问题的。年届耄耋，还能够有后福可享，我心旷神怡，乐不可支。

院领导给我留下的印象

这个奇迹发生在三〇一医院。这是一所有上万工作人员的大医院。让这样一所庞大的机构循规蹈矩按部就班每天起动工作，一定要有原动力的，而这原动力只能来自院领导身上。

我进院以后不久，出差刚回来而又做了三小时报告的朱士俊院长就来看我，还有几个院领导陪同。以后又见到了院政委范银瑞同志，以及几位副院长秦银河、苏元福、王树峰、林运昌等。他们的外貌当然各不相同，应对进退的动作和神态也有差异。但是，在一刹那间，我忽然有了一个“天才”的发现，我发现他们有共同之处。这情况若是落到哲学家手中，他们一定会努力分析，分析，再分析，还不知道要创造出多少新奇的术语，最后给人一个大糊涂，包括他们自己在内。而我呢，还是采用中国传统的办法，使用形象的语言。我杜撰了八个字：形神恢宏，英气逼人。中国古人说：“运筹帷幄之内，决胜千里之外。”三〇一医院没有千里之遥；然而，到了今天这样复杂的社会中，决胜五里，也并不容易的。解放军任用这样的干部来管理这样庞大的一所医院，全军放心，全体人民放心。

病房里的日常生活

上面谈的都可以算作大事，现在谈一些细事。

关于我现在住的病房，上面已经写了简要的介绍，这里不再重复了。我现在只谈一谈我的日常生活。

我活了九十多岁，平生播迁颇多，适应环境的能力因而也颇强。不管多么陌生的环境，我几乎立刻就能适应。现在住进了病房，就好像到了家一样。这里的居住条件、卫生条件等，都是绝对无可指责的。我也曾住过、看过一些北京大医院的病房，只是卫生一个条件就相形见绌。我对这里十分满意，自然就不在话下了。

在十八间病房里住的真正的首长，大都是解放军的老将军，年龄都低于我，可是能走出房间活动的只不过寥寥四五人。偶尔碰上，点头致意而已。但是，我对他们是充满了敬意的。解放军是中国人民的“新的长城”，又是世界和平的忠诚保卫者。在解放军中立过功的老将，对他们我焉能不极端尊敬呢？

至于我自己的日常生活，我是一个比较保守的人，几十年形成的习惯，走到哪里也改不掉。我每天照例四点多起床，起来立即坐下来写东西。在进院初，当手足上的丑类还在飞扬跋扈的时候，我也没有停下。我的手足有问题，脑袋没有问题。只要脑袋没问题，文章就能写。实际上，我从来没有把脑袋投闲置散，我总让它不停地运转。到了医院，转动的频率似乎更强了。无论是吃饭、散步、接受治疗、招待客人，甚至在梦中，我考虑的总是文章的结构、遣词、造句等与写作有关的问题。我自己觉得，我这样做，已经超过了平常所谓的打腹稿的阶段，打来打去，打的几乎都是成稿。只要一坐下来，把脑海里缀成的文字移到纸上，写文章的任务就完成了。

七点多吃过早饭以后，时间就不能由我支配，我就不得安闲了。大夫查房，到什么地方去做体检，反正总是闲不住。但是，有时候坐在轮椅上，甚至躺在体检的病床上，脑袋里忽然一转，想的又是与写文章有关的一些问题。这情况让我自己都有点吃惊。难道是自己着了魔了吗？

在进院后，不到一个月的时间内，我写了三万字的文章，内容也有学术性很强的，也有一些临时的感受。这在家里是做不到的。

生活条件是无可指责的，一群像白衣天使般的小护士，个个聪明伶俐，彬彬有礼，同她们在一起，自己也似乎年轻了许多。

我想用两句话总结我的生活：在治病方面，我是走过炼狱；在生活方面，我是住于乐园。

第三次大会诊

奇迹发生以后，我到三〇一医院来的目的可以说是已经完全达到了，可以胜利还朝了。但是，正如我在上面已经说过的那样，我本是皮肤科的病人，可是皮肤科的病房已经满员，所以借用了呼吸道科仅余的一间病房。焉知歪打正着，我作为此科的病人，也是够格的，我患有肺气肿、哮喘等病。主治大夫大概对借房的过程不甚了了，既然进了他的领域，就是他的病人，于是也经常来查房、下药，连我的呼吸道的毛病也给清扫了一下。对我来说，这无疑是意外的收获。

我的血压，几十年来，一贯正常。入院以后，服了激素，血压大概受到了影响，一度升高。这本来也算不了什么大事。但是，这里的大夫之心如新发之硎，纤细不遗。他们看出我的血压有点毛病，立即加以注意，除了天天量以外，还进行过一次二十四小时的连续观测。最终认为没有问题，才从容罢手。

总起来看，这次大会诊的目的是：总结经验、肯定胜利、观察现状、预测未来。从院领导一直到每一个与我的病有关的大夫，都想把我躯体中的隐患一一扫净，让原来我手足上那样的丑类永远不能再出生。他们这种用心把我感动得热烘烘的，嘴里说不出任何话来。

简短的评估

我生平不爱生病。在九十多年的寿命中，真正生病住院，这是第三次。因此，我对医生和医院了解很有限。但是，有时候也有所考虑。以我浅见所及，我觉得，医院和医生至少应该具备三个条件：医德、医术、医风。中国历代把医药事业说成是“是乃仁术”。在中国传统道德的范畴中，仁居第一位。仁者爱人，心中的仁外在表现就是爱。现在讲“救死扶伤”，也无非是爱的表现。医生对病人要有高度的同情心，要有为他们解除病苦的迫切感。这就是医德，应该排在首位。所谓医术，如今医科大学用五六年，甚至更长的时间所学的就是这一套东西，多属技术性的，一说就明白，用不着多讲。最后一项是医风。把医德、医术融合在一起，再加以必要的慎重和谨严，就形成了医生和医院的风采、风格或风貌、风度。这三者在不同的医院里和医生身上，当然不会完全相同，高低有别，水平悬殊，很难要求统一。

以上都是空论，现在具体到三〇一医院和这里的大夫们来谈一点我个人的看法。医院的最高领导，我大概都接触过了，对他们的印象我已经写在上面。至于大夫，我接触得不多，了解得不多，不敢多谈。我只谈我接触最多的皮肤科的几位大夫。对整科的印象，我在上面也已写过。我现在在这里着重讲一个人，就是李恒进大夫。我们俩彼此接触最多，了解最深。

实话实说，李大夫最初是并不想留下我这个病人的，他是专家，他一看我得的病是险症，是能致命的，谁愿意把一块烧红的炭硬接在自己手里呢？我的学生前副院长牟善初的面子也许起了作用，终于硬着头皮把我留下了。这中间他的医德一定也起了作用。

他一旦下决心把我留下，就全力以赴，上面讲到的两次大会诊就是他的行动表现。我自己糊里糊涂，丝毫没有感到问题的严重性。他是专家，他一眼就看出了我患的是天疱疮，一种险症。善初肯定了这个看法，遂成定论。患这样的病，如果我不是九十二，而是二十九，还不算棘手。但我毕竟是前者而非后者。下药重了，有极大危险；轻了，又治不了病。什么样的药量才算恰好，这是查遍医典也不会得到任何答案的。在这一个极难解决的问题上，李大夫究竟伤了多少脑筋，用了多大的精力，我不得而知，但却能猜想。经过了不知多少次反复思考，最终找到了恰到好处的药量。一旦服了下去，奇迹立即产生。

不到一周的时间内，手脚上的水泡立即向干瘪转化。我虽尚懵里懵懂，但也不能不感到高兴了。

我同李恒进大夫素昧平生，最初只是大夫与病人的关系。但因接触渐多，我逐渐发现他身上有许多闪光的东西，使我暗暗钦佩。我感觉到，我们现在已经走上了朋友的关系。我坚信，他是一个可以信赖的朋友。

在治疗过程中，有时候也说上几句闲话。我发现李大夫是一个很有哲学头脑的人。他多次说到，治我现在的病是“在矛盾中求平衡”。事实不正是这样子吗？病因来源不一，表现形式不一，抓住要点，则能纲举目张；抓不住要点，则是散沙一盘。他和冯峥大夫等真正抓住了我这病的要点，才出现了奇迹。

我一生教书，搞科学研究，在研究方面，我崇尚考证。积累的材料越多越好，然后爬罗剔抉，去伪存真。无证不信，孤证难信。“大胆地假设，小心地求证”，这一套都完全用上。经过了六七十年这样严格的训练，自谓已经够严格慎重的了。然而，今天，在垂暮之年，来到了三〇一医院，遇到了像李大夫这样的医生，我真自愧弗如，要放下老架子，虚心向他们学习。

还有一点也必须在这里提一提，这就是预见性。初入院时，治疗还没有开始，我就不耐烦住院，问李大夫什么时候可以出院。他沉思了会儿，说：“如果年轻五十岁，半个月就差不多了。现在则至少一个月多。”事实正是这个样子。他这种预见性是怎样来的，我说不清楚。

现在归纳起来，极其简略地说上几句我对三〇一医院和其中的一些大夫，特别是李恒进大夫的印象。在医德、医术、医风中，他们都是高水平的，可以称之为三高医院和三高大夫，都是中国医坛上的明珠。

反躬自省

我在上面，从病原开始，写了发病的情况和治疗的过程，自己的侥幸心理，掉以轻心，自己的瞎鼓捣，以致酿成了几乎不可收拾的大患，进了三〇一医院，边叙事、边抒情、边发议论、边发牢骚，一直写了一万三千多字。现在写作重点是应该换一换的时候了。换的主要枢纽是反求诸己。

三〇一医院的大夫们发扬了三高的医风，熨平了我身上的创伤，我自己想用反躬自省的手段，熨平我自己的心灵。

我想从认识自我谈起。

每一个人都有一个自我，自我当然离自己最近，应该最容易认识。事实证明正相反，自我最不容易认识。所以古希腊人才发出了 Know thyself 的惊呼。一般的情况是，人们往往把自己的才能、学问、道德、成就等评估过高，永远是自我感觉良好。这对自己是不利的，对社会也是有害的。许多人事纠纷和社会矛盾由此而生。

不管我自己有多少缺点与不足之处，但是认识自己，我是颇能做到一些的。我经常剖析自己。想回答“自己究竟是一个什么样的人”这样一个问题。我自信能够客观地实事求是地进行分析的。我认为，自己绝不是什么天才，绝不是什么奇才异能之士，自己只不过是一个中不溜丢的人，但也不能说是蠢材。我说不出，自己在哪一方面有什么特别的天赋。绘画和音乐我都喜欢，但都没有天赋。在中学读书时，在课堂上偷偷地给老师画像，我的同桌同学画得比我更像老师，我不得不心服。我羡慕许多同学都能拿出一手儿来，唯独我什么也拿不出。

我想在这里谈一谈我对天才的看法。在世界和中国历史上，确实有过天才，我都没能够碰到。但是，在古代、在现代、在中国、在外国，自命天才的人却层出不穷。我也曾遇到不少这样的人。他们那一副自命不凡的天才相，令人不敢向迩。别人嗤之以鼻，而这些“天才”则岿然不动，挥斥激扬，乐不可支。此种人物列入《儒林外史》是再合适不过的。我除了敬佩他们的脸皮厚之外，无话可说。我常常想，天才往往是偏才。他们大脑里一切产生智慧或灵感的构件集中在某一个点上，别的地方一概不管，这一点就是他的天才之所在。天才有时候同疯狂融在一起，画家凡·高就是一个好例子。

在伦理道德方面，我的基础也不雄厚和巩固。我绝没有现在社会上认为的那样好，那样清高。在这方面，我有我的一套

“理论”。我认为，人从动物群体中脱颖而出，变成了人。除了人的本质外，动物的本质也还保留了不少。一切生物的本能，即所谓“性”，都是一样的，即一要生存，二要温饱，三要发展。在这条路上，倘有障碍，必将本能地下死力排除之。根据我的观察，生物还有争胜或求胜的本能，总想压倒别的东西，一枝独秀。这种本能人当然也有。我们常讲，在世界上，争来争去，不外名利两件事。名是为了满足求胜的本能，而利则是为了满足求生。二者联系密切，相辅相成，成为人类的公害，谁也铲除不掉。古今中外的圣人贤人们都尽过力量，而所获只能说是有限。

至于我自己，一般人的印象是，我比较淡泊名利。其实这只是一个假象，我名利之心兼而有之。只因我的环境对我有大裨益，所以才造成了这一个假象。我在四十多岁时，一个中国知识分子当时所能追求的最高荣誉，我已经全部拿到手。在学术上是中国科学院学部委员，即后来的院士。在教育界是一级教授。在政治上是全国政协委员。学术和教育我已经爬到了百尺竿头，再往上就没有什么阶梯了。我难道还想登天做神仙吗？因此，以后几十年的提升提级活动我都无权参加，只是领导而已。假如我当时是一个二级教授——在大学中这已经不低了，我一定会渴望再爬上一级的。不过，我在这里必须补充几句。即使我想再往上爬，我决不会奔走、钻营、吹牛、拍马，只问目的，不择手段。那不是我的作风，我一辈子没有干过。

写到这里，就跟一个比较抽象的理论问题挂上了钩：什么叫好人？什么叫坏人？什么叫好？什么叫坏？我没有看过伦理教科书，不知道其中有没有这样的定义。我自己悟出了一套看法，当然是极端粗浅的，甚至是原始的。我认为，一个人一生要处理好三个关系：天人关系，也就是人与大自然的关系；人人关系，也就是社会关系；个人思想和感情中矛盾和平衡的关系。处理好了，人类就能够进步，社会就能够发展。好人与坏人的问题属于社会关系。因此，我在这里专门谈社会关系，其他两个就不说了。

正确处理人与人的关系，主要是处理利害关系。每个人都有自己的利益，都关心自己的利益。而这种利益又常常会同别人有矛盾。有了你的利益，就没有我的利益。你的利益多了，我的就会减少。怎样解决这个矛盾就成了芸芸众生最棘手的问题。

人类毕竟是有思想能思维的动物。在这种极端错综复杂的利益矛盾中，他们绝大部分人都能有分析评判的能力。至于哲学家所说的良知和良能，我说不清楚。人们能够分清是非善恶，自己处理好问题。在这里无非是有两种态度，既考虑自己的利益，为自己着想，也考虑别人的利益，为别人着想。极少数人只考虑自己的利益，而又以残暴的手段攫取别人的利益者，是为害群之马，国家必绳之以法，以保证社会的安定团结。

这也是衡量一个人好坏的基础。地球上没有天堂乐园，也没有小说中所说的“君子国”。对一般人民的道德水平不要提出过高的要求。一个人除了为自己着想外，能为别人着想的水平达到百分之六十，他就算是一个好人。水平越高，当然越好。那样高的水平恐怕只有少数人能达到了。

大概由于我水平太低，我不大敢同意“毫不利己，专门利人”这种提法，一个“毫不”，再加上一个“专门”，把话说得满到不能再满的程度。试问天下人有几个人能做到。提这个口号的人怎样呢？这种口号只能吓唬人，叫人望而却步，绝起不到提高人们道德水平的作用。

至于我自己，我是一个谨小慎微、性格内向的人。考虑问题有时候细入毫发。我考虑别人的利益，为别人着想，我自认能达到百分之六十。我只能把自己划归好人一类。我过去犯过许多错误，伤害了一些人。但那绝不是有意为之，是为我的水平低修养不够所支配的。在这里，我还必须再做一下老王，自我吹嘘一番。在大是大非问题前面，我会一反谨小慎微的本性，挺身而出，完全不计个人利害。我觉得，这是我身上的亮点，颇值得骄傲的。总之，我给自己的评价是：一个平平常常的好人，但不是一个不讲原则的滥好人。

现在我想重点谈一谈对自己当前处境的反思。

我生长在鲁西北贫困地区一个僻远的小村庄里。晚年，一个幼年时的伙伴对我说：“你们家连贫农都够不上！”在家六年，几乎不知肉味，平常吃的是红高粱饼子，白馒头只有大奶奶给吃过。没有钱买盐，只能从盐碱地里挖土煮水腌咸菜。母亲一字不识，一辈子季赵氏，连个名都没有捞上。

我现在一闭眼就看到一个小男孩，在夏天里浑身上下一丝不挂，滚在黄土地里，然后跳入浑浊的小河里去冲洗。再滚，再冲；再冲，再滚。

“难道这就是我吗？”

“不错，这就是你！”

六岁那年，我从那个小村庄里走出，走向通都大邑，一走就走了将近九十年。我走过阳关大道，也跨过独木小桥。有时候歪打正着，有时候也正打歪着。坎坎坷坷、跌跌撞撞、磕磕碰碰、推推搡搡，云里、雾里，不知不觉就走到了现在的九十二岁，超过古稀之年二十多岁了。岂不大可喜哉！又岂不大可惧哉！我仿佛大梦初觉一样，糊里糊涂地成为一位名人。现在正住在三〇一医院雍容华贵的高干病房里。同我九十年前出发时的情况相比，只有李后主的“天上人间”四个字差堪比拟于万一。我不大相信这是真的。

我在上面曾经说到，名利之心，人皆有之。我这样一个平凡的人，有了点名，感到高兴，是人之常情。我只想说一句，我确实没有为了出名而去钻营。我经常说，我少无大志，中无大志，老也无大志。这都是实情。能够有点小名小利，自己也就满足了。可是现在的情况却不是这样子。已经有了几本传记，听说还有人正在写作。至于单篇的文章数量更大。其中说的当然都是好话，当然免不了大量溢美之词。别人写的传记和文章，我基本上都不看。我感谢作者，他们都是一片好心。我经常说，我没有那样好，那是对我的鞭策和鼓励。

我感到惭愧。

常言道，“人怕出名猪怕壮”。一点小小的虚名竟能给我招来这样的麻烦，不身历其境者是不能理解的。麻烦是错综复杂的，我自己也理不出个头绪来。我现在，想到什么就写点什么，绝对是写不全的。首先是出席会议。有些会议同我关系实在不大，但却又非出席不行，据说这涉及会议的规格。在这一顶大帽子下面，我只能勉为其难了。其次是接待来访者，只这一项就头绪万端。老朋友的来访，什么时候都会给我带来欢悦，不在此列。我讲的是陌生人的来访，学校领导在我的大门上贴出布告：谢绝访问。但大多数人却熟视无睹，置之不理，照样大声敲门。外地来的人，其中多半是青年人，不远千里，为了某一些原因，要求见我。如见不到，他们能在门外荷塘旁等上几个小时，甚至住在校外旅店里，每天来我家附近一次。他们来的目的多种多样，但是大体上以想上北大为最多。他们慕北大之名，可惜考试未能及格。他们错认我有无穷无尽的能力和权力，能帮助自己。另外想到北京找工作的也有，想找我签个名照张相的也有。这种事情说也说不完。我家里的人告诉他们我不在家。于是我就不敢在临街的屋子里抬头，当然更不敢出门，我成了“囚徒”。其次是来信。我每天都会收到陌生人的几封信。有的也多与求学有关。有极少数的男女大孩子向我诉说思想感情方面的一些问题和困惑。据他们自己说，这些事连自己的父母都没有告诉。我读了真正是万分感动，遍体温暖。我有何德何能，竟能让纯真无邪的大孩子如此信任！据说，外面传说，我每信必复。我最初确实有这样的愿望。但是，时间和精力都有限。只好让李玉洁女士承担写回信的任务。这个任务成了德国人口中常说的“硬核桃”。其次是寄来的稿子，要我“评阅”，提意见，写序言，甚至推荐出版。其中有洋洋数十万言之作。我哪里有能力有时间读这些原稿呢？有时候往旁边一放，为新来的信件所覆盖。过了不知多少时候，原作者来信催还原稿。这却使我作了难。“只在此室中，书深不知处”了。如果原作者只有这么一本原稿，那我的罪孽可就大了。其次是要求写字的人多，求我的“墨宝”，有的是楼台名称，有的是展览会的会名，有的是书名，有的是题词，总之是花样很多。一提“墨宝”，我就汗颜。小时候确实练过字。但是，一入大学，就再没有练过书法，以后长期居住在国外，连笔墨都看不见，何来“墨宝”。现在，到了老年，忽然变成了“书法家”，竟还有人把我的“书法”拿到书展上去示众，我自己都觉得可笑！有比较老实的人，暗示给我：他们所求的不过“季羡林”三个字。这样一来，我的心反而平静了一点，下定决心：你不怕丑，我就敢写。其次是广播电台、电视台，还有一些什么台，以及一些报纸杂志编辑部的录像采访。这使我最感到麻烦。我也会说一些谎话的；但我的本性是有时嘴上没遮掩，有时说溜了嘴，在过去，你还能耍点无赖，硬不承认。今天他们人人手里都有录音机，“君子一言，驷马难追”，同他们订君子协定，答应删掉；但是，多数是原封不动，和盘端出，让你哭笑不得。上面的这一段诉苦已经够长的了，但是还远远不够，苦再诉下去，也了无意义，就此打住。

我虽然有这样多麻烦，但我并没有被麻烦压倒。我照常我行我素，做自己的工作。我一向关心国内外的学术动态。我不厌其烦地鼓励我的学生阅读国内外与自己研究工作有关的学术刊物。一般是浏览，重点必须细读。为学贵在创新。如果连国内外的新都不知道，你的新何从创起？我自己很难到大图书馆看杂志了。幸而承蒙许多学术刊物的主编不弃，定期寄赠。我才得以拜读，了解了不少当前学术研究的情况和结果，不致闭目塞听。我自己的研究工作仍然照常进行。遗憾的是，许多多年来就想研究的大题目，曾经积累过一些材料，现在拿起来一看，顿时想到自己的年龄，只能像玄奘当年那样，叹一口气说："自量气力，不复办此。"

对当前学术研究的情况，我也有自己的一套看法，仍然是顿悟式地得来的。我觉得，在过去，人文社会科学学者在进行科研工作时，最费时间的工作是搜集资料，往往穷年累月，还难以获得多大成果。现在电子计算机光盘一旦被发明，大部分古籍都已收入。不费吹灰之力，就能涸泽而渔。过去最繁重的工作成为最轻松的了。有人可能掉以轻心，我却有我的忧虑。将来的文章由于资料丰满可能越来越长，而疏漏则可能越来越多。光盘不可能把所有的文献都吸引进去，而且考古发掘还会不时有新的文献呈现出来。这些文献有时候比已有的文献还更重要，万万不能忽视的。好多人都承认，现在学术界急功近利浮躁之风已经有所抬头，剽窃就是其中最显著的表现，这应该引起人们的戒心。我在这里抄一段朱子的话，献给大家。朱子说："圣人言语，一步是一步。近来一种议论，只是跳踯。初则两三步做一步，甚则十数步做一步，又甚则千百步做一步。所以学之者皆颠狂。"（《朱子语类》卷一百二十四）愿与大家共勉力戒之。

我现在想借这个机会廓清与我有关的几个问题。

辞“国学大师”

现在在某些比较正式的文件中，在我头顶上也出现“国学大师”这一灿烂辉煌的光环。这并非无中生有，其中有一段历史渊源。

约莫二十年前，中国的改革开放大见成效，经济飞速发展。文化建设方面也相应地活跃起来。有一次在还没有改建的大讲堂里开了一个什么会，专门向同学们谈国学，中华文化的一部分毕竟是保留在所谓“国学”中的。当时在主席台上共坐着五位教授，每个人都讲上一通。我是被排在第一位的，说了些什么话，现在已忘得干干净净。《人民日报》的一位资深记者是北大校友，“于无声处听惊雷”，在报上写了一篇长文《国学，在燕园又悄然升起》。从此以后，其中四位教授，包括我在内，就被称为“国学大师”。他们三位的国学基础都比我强得多。他们对这一顶桂冠的想法如何，我不清楚。我自己被戴上了这一顶桂冠，却是浑身起鸡皮疙瘩。这情况引起了一位学者（或者别的什么“者”）的“义愤”，触动了他的特异功能，在杂志上著文说，提倡国学是对抗马克思主义。这话真是石破天惊，匪夷所思，让我目瞪口呆。一直到现在，我仍然没有想通。

说到国学基础，我从小学起就读经书、古文、诗词。对一些重要的经典著作有所涉猎。但是我对哪一部古典、哪一个作家都没有下过死功夫，因为我从来没想成为一个国学家。后来专治其他的学术，浸淫其中，乐不可支。除了尚能背诵几百首诗词和几十篇古文外；除了尚能在最大的宏观上谈一些与国学有关的自谓是大而有当的问题比如天人合一外，自己的国学知识并没有增加。环顾左右，朋友中国学基础胜于自己者，大有人在。在这样的情况下，我竟独占“国学大师”的尊号，岂不折杀老身（借用京剧女角词）！我连“国学小师”都不够，遑论“大师”！

为此，我在这里昭告天下：请从我头顶上把“国学大师”的桂冠摘下来。

辞“学界（术）泰斗”

这要分两层来讲：一个是教育界，一个是人文社会科学界。

先要弄清楚什么叫“泰斗”。泰者，泰山也；斗者，北斗也。两者都被认为是至高无上的东西。

光谈教育界。我一生做教书匠，爬格子。在国外教书十年，在国内五十七年。人们常说：“没有功劳，也有苦劳。”特别是在过去几十年中，天天运动，花样翻新，总的目的就是让你不得安闲，神经时时刻刻都处在万分紧张的情况中。在这样的情况下，我一直担任行政工作，想要做出什么成绩，岂不戛戛乎难矣哉！我这个“泰斗”从哪里讲起呢？

在人文社会科学的研究中，说我做出了极大的成绩，那不是事实。说我一点成绩都没有，那也不符合实际情况。这样的人，滔滔者天下皆是也。但是，现在却偏偏把我“打”成泰斗。

我这个泰斗又从哪里讲起呢？

为此，我在这里昭告天下：请从我头顶上把“学界（术）泰斗”的桂冠摘下来。

辞“国宝”

在中国，一提到“国宝”，人们一定会立刻想到人见人爱憨态可掬的大熊猫。这种动物数量极少，而且只有中国有，称之为“国宝”，它是当之无愧的。

可是，在八九十来年前，在一次会议上，北京市的一位领导突然称我为“国宝”，我极为惊愕。到了今天，我所到之处，“国宝”之声洋洋乎盈耳矣。我实在是大惑不解。当然，“国宝”这一顶桂冠并没有为我一人所垄断，其他几位书画名家也有此称号。

我浮想联翩，想探寻一下起名的来源。是不是因为中国只有一个季羡林，所以他就成为“宝”。但是，中国的赵一钱二孙三李四等，也都只有一个，难道中国能有十三亿“国宝”吗？

这种事情，痴想无益，也完全没有必要。我来一个急刹车。

为此，我在这里昭告天下：请从我头顶上把“国宝”的桂冠摘下来。

三顶桂冠一摘，还了我一个自由自在身。身上的泡沫洗掉了，露出了真面目，皆大欢喜。

露出了真面目，自己是不是就成了原来蒙着华贵的绸罩的朽木架子而今却完全塌了架了呢？

也不是的。

我自己是喜欢而且习惯于讲点实话的人。讲别人，讲自己，我都希望能够讲得实事求是，水分越少越好。我自己觉得，桂冠取掉，里面还不是一堆朽木，还是有颇为坚实的东西的。至于别人怎样看我，我并不十分清楚。因为，正如我在上面说的那样，别人写我的文章我基本上是不读的，我怕里面的溢美之词。现在困居病房，长昼无聊，除了照样舞笔弄墨之外，也常考虑一些与自己学术研究有关的问题，凭自己那一点自知之明，考虑自己学术上有否“功业”，有什么“功业”。我尽量保持客观态度。过于谦虚是矫情，过于自吹自擂是老王，二者皆为我所不敢取。我在下面就“夫子自道”一番。

我常常戏称自己为“杂家”。我对人文社会科学领域内，甚至科技领域内的许多方面都感兴趣。我常说自己是“样样通，样样松”。这话并不确切。很多方面我不通；有一些方面也不松。合辙押韵，说着好玩而已。

我从事科学研究工作，已经有七十年的历史。我这个人在任何方面都是后知后觉。研究开始时并没有显露出什么奇才异能，连我自己都不满意。后来逐渐似乎开了点窍，到了德国以后，才算是走上了正路。但一旦走上了正路，走的就是快车道。回国以后，受到了众多的干扰，“十年浩劫”中完全停止。改革开放，新风吹起。我又重新上路，到现在已有二十多年了。

根据我自己的估算，我的学术研究的第一阶段是德国十年。研究的主要方向是原始佛教梵语，我的博士论文就是这方面的题目。在论文中，我论到了一个可以说是被我发现的新的语尾，据说在印欧语系比较语言学上颇有重要意义，引起了比较语言学教授的极大关怀。到了 1965 年，我还在印度语言学会出版的 *Indian Linguistics* Vol. Ⅱ 发表了一篇 *On the Ending -neatha for the First Person Rlunel Atm. in the Buddhist mixed Dialect* *。这是我博士论文的持续发展。当年除了博士论文外，我还写了两篇比较重要的论文，一篇是讲不定过去时的，一篇讲 -am · >o，u。都发表在哥廷根科学院院刊上。在德国，科学院是最高学术机构，并不是每一个教授都能成为院士。德国规矩，一个系只有一个教授，无所谓系主任。每一个学科全国也不过有二三十个教授，比不了我们现在大学中一个系的教授数量。在这样的情况下，再选院士，其难可知。科学院的院刊当然都是代表最高学术水平的。我以一个三十岁刚出头的异国

---

* 经查，本篇发表于 1949 年的 *Indian Linguistics* Vol. Ⅺ。

的毛头小伙子竟能在上面连续发表文章，要说不沾沾自喜，那就是纯粹的谎话了。而且我在文章中提出的结论至今仍能成立，还有新出现的材料来证明，足以自慰了。此时还写了一篇关于解谈吐火罗文的文章。

1946年回国以后，由于缺少最起码的资料和书刊，原来做的研究工作无法进行，只能改行，我就转向佛教史研究，包括印度、中亚以及中国佛教史在内。在印度佛教史方面，我给与释迦牟尼有不共戴天之仇的提婆达多翻了案，平了反。公元前五六世纪的北天竺，西部是婆罗门的保守势力，东部则兴起了新兴思潮，是前进的思潮，佛教代表的就是这种思潮。提婆达多同佛祖对着干，事实俱在，不容怀疑。但是，他的思想和学说的本质是什么，我一直没弄清楚。我觉得，古今中外写佛教史者可谓多矣，却没有一人提出这个问题，这对真正印度佛教史的研究是不利的。在中亚和中国内地的佛教信仰中，我发现了弥勒信仰的重要作用。也可以算是发前人未发之覆。我那两篇关于"浮屠"与"佛"的文章，篇幅不长，却解决了佛教传入中国的道路的大问题，可惜没引起重视。

我一向重视文化交流的作用和研究。我是一个文化多元论者，我认为，文化一元论有点法西斯味道。在历史上，世界民族，无论大小，大多数都对人类文化做出了贡献。文化一产生，就必然会交流、互学、互补，从而推动了人类社会的进步。我们难以想象，如果没有文化交流，今天的世界会是一个什么样子。在这方面，我不但写过不少的文章，而且在我的许多著作中也贯彻了这种精神。长达约八十万字的《糖史》就是一个好例子。

提到了《糖史》，我就来讲一讲这一部书完成的情况。我发现，现在世界上流行的大语言中，“糖”这一个词儿几乎都是转弯抹角地出自印度梵文的 s'arkarā 这个字。我从而领悟到，在糖这种微末不足道的日常用品中竟隐含着一段人类文化交流史。于是我从很多年前就着手搜集这方面的资料。在德国读书时，我在汉学研究所曾翻阅过大量的中国笔记，记得里面颇有一些关于糖的资料。可惜当时我脑袋里还没有这个问题，就视而不见，空空放过，而今再想弥补，是绝对不可能的事情了。今天有了这问题，只能从头做起。最初，电子计算机还很少很少，而且技术大概也没有过关。即使过了关，也不可能把所有的古籍或今籍一下子都收入。留给我的只有一条笨办法：自己查书。然而，群籍浩如烟海，穷我毕生之力，也是难以查遍的。幸而我所在的地方好，北大藏书甲上庠，查阅方便。即使这样，我也要定一个范围。我以善本部和楼上的教员阅览室为基地，有必要时再走出基地。教员阅览室有两层楼的书库，藏书十余万册。于是在我八十多岁后，正是古人“含饴弄孙”的时候，我却开始向科研冲刺了。我每天走七八里路，从我家到大图书馆，除星期日大馆善本部闭馆外，不管是冬天，还是夏天；不管是刮风下雨，还是坚冰在地，我从未间断过。如是者将及两年，我终于翻遍了书库，并且还翻阅了《四库全书》中有关典籍，特别是医书。我发现了一些规律。首先是，在中国最初只饮蔗浆，用蔗制糖的时间比较晚。其次，同在古代波斯一样，糖最初是用来治病的，不是调味的。再次，从中国医书上来看，使用糖的频率越来越小，最后几乎很少见了。最后，也是最重要的一点，把原来是红色的蔗汁熬成的糖浆提炼成洁白如雪的白糖的技术是中国发明的。到现在，世界上只有两部大型的《糖史》，一为德文，算是世界名著；一为英文，材料比较新。在我写《糖史》第二部分，国际部分时，曾引用过这两部书中的一些资料。做学问，搜集资料，我一向主张要有一股"竭泽而渔"的劲头。不能贪图省力，打马虎眼。

既然讲到了耄耋之年向科学进军的情况，我就讲一讲有关吐火罗文研究。我在德国时，本来不想再学别的语言了，因为已经学了不少，超过了我这个小脑袋瓜的负荷能力。但是，那一位像自己祖父般的西克（E.Sieg）教授一定要把他毕生所掌握的绝招统统传授给我。我只能向他那火一般的热情屈服，学习了吐火罗文 A 焉耆语和吐火罗文 B 龟兹语。我当时写过一篇文章，讲《福力太子因缘经》的诸异本，解决了吐火罗文本中的一些问题，确定了几个过去无法认识的词儿的含义。回国以后，也是由于缺乏资料，只好忍痛与吐火罗文告别，几十年没有碰过。20 世纪 70 年代，在新疆焉耆县七个星断壁残垣中发掘出来了吐火罗文 A 的《弥勒会见记剧本》残卷。新疆博物馆的负责人亲临寒舍，要求我加以解读。我由于没有信心，坚决拒绝。但是他们苦求不已，我只能答应下来，试一试看。结果是，我的运气好，翻了几张，书名就赫然出现:《弥勒会见记剧本》。我大喜过望。于是在冲刺完了《糖史》以后，立即向吐火罗文进军。我根据回鹘文同书的译本，把吐火罗文本整理了一番，理出一个头绪来。陆续翻译了一些，有的用中文，有的用英文，译文间有错误。到了 20 世纪 90 年代后期，我集中精力，把全部残卷译成了英文。我请了两位国际上公认是吐火罗文权威的学者帮助我，一位德国学者，一位法国学者。法国学者补译了一段，其余的百分之九十七八以上的工作都是我做的。即使我再谦虚，我也只能说，在当前国际上吐火罗文研究最前沿上，中国已经有了位置。

下面谈一谈自己的散文创作。我从中学起就好舞笔弄墨。到了高中，受到了董秋芳老师的鼓励。从那以后的七十年中，一直写作不辍。我认为是纯散文的也写了几十万字之多。但我自己喜欢的却为数极少。评论家也有评我的散文的。一般说来，我都是不看的。我觉得，文艺评论是一门独立的科学，不必与创作挂钩太亲密。世界各国的伟大作品没有哪一部是根据评论家的意见创作出来的。正相反，伟大作品倒是评论家的研究对象。目前的中国文坛上，散文又似乎是引起了一点小小的风波，有人认为散文处境尴尬等，皆为我所不解。中国是世界散文大国，两千多年来出现了大量优秀作品，风格各异，至今还为人所诵读，并不觉得不新鲜。今天的散文作家大可以尽量发挥自己的风格，只要作品好，有人读，就算达到了目的，凭空作南冠之泣是极为无聊的。前几天，病房里的一位小护士告诉我，她在回家的路上一气读了我五篇散文，她觉得自己的思想感情有向上的感觉。这种天真无邪的评语是对我最高的鼓励。

最后，还要说几句关于翻译的话。我从不同文字中翻译了不少文学作品，其中最主要的当然是印度大史诗《罗摩衍那》。

以上是我根据我那一点自知之明对自己“功业”的评估，是我的“优胜纪略”。但是，我自己最满意的还不是这些东西，而是自己胡思乱想关于“天人合一”的新解。至少在十几年前，我就想到了一个问题。大自然中出现了不少问题，比如生态平衡破坏、植物灭种、臭氧出洞、气候变暖、淡水资源匮乏、新疾病产生等。哪一样不遏制，人类发展前途都会受到影响。我认为，这些危害都是西方与大自然为敌，要征服自然的结果。西方哲人歌德、雪莱、恩格斯等早已提出了警告。可惜听之者寡，情况越来越严重，各国政府，甚至联合国才纷纷提出了环保问题。我并不是什么先知先觉，只是感觉到了，不得不大声疾呼而已。我的“天人合一”要求的是人与大自然要做朋友，不要成为敌人。我们要时刻记住恩格斯的话：大自然是会报复的。

以上就是我的“夫子自道”，“道”得准确与否，不敢说。但是，“道”的都是真话。

此外，在提倡新兴学科方面，我也做了一些工作，比如敦煌学，我在这方面没有写过多少文章；但对团结学者和推动这项研究工作，我却做出了一些贡献。又如比较文学，关于比较文学的理论问题，我几乎没有写过文章，因为我没有研究。但是中国第一个比较文学研究会却是在北大成立的，可以说是开风气之先。此外，我还主编了几种大型的学术丛书，首先就是《东方文化集成》，准备出五百种，用高水平的研究成果，向世界人民展示什么叫东方文化。我还帮助编纂了《四库全书存目丛书》，取得了很大的成功。其余几种现在先不介绍了。我觉得有相当大意义的工作是我把印度学引进了中国，或者也可以说，在中国过去有光辉历史的有上千年历史的印度研究又重新恢复起来。现在已经有了几代传人，方兴未艾。要说从我身上还有什么值得学习的东西，那就是勤奋。我一生不敢懈怠。

总而言之，我就是通过这一些“功业”获得了名声，大都是不虞之誉。政府、人民，以及学校给予我的待遇，同我对人民和学校所做的贡献，相差不可以道里计。我心里始终感到愧疚不安。现在有了病，又以一个文职的教书匠硬是挤进了部队军长以上的高干疗养的病房，冒充了四十五天的“首长”。政府与人民待我可谓厚矣。扪心自问，我何德何才，获此殊遇！

就在进院以后，专家们都看出了我这一场病的严重性，是一场能致命的不大多见的病。我自己却还糊里糊涂，掉以轻心，溜溜达达，走到阎王爷驾前去报到。大概由于文件上一百多块图章数目不够，或者红包不够丰满，被拒收，我才又走回来，再也不敢三心二意了，一住就是四十五天，捡了一条命。

我在医院中是一个非常特殊的病人，一般的情况是，病人住院专治一种病，至多两种。我却一气治了四种病。我的重点是皮肤科，但借住在呼吸道科病房里，于是大夫也把我吸收为他们的病人。一次我偶尔提到，我的牙龈溃疡了。院领导立刻安排到牙科去，由主任亲自动手，把我的牙整治如新。眼科也是很偶然的。我们认识魏主任，他说要给我治眼睛。我的眼睛毛病很多，他作为专家，一眼就看出来了。细致地检查，认真地观察，在十分忙碌的情况下，最后他说了一句铿锵有力的话："我放心了！"我听了当然也放心了。他又说，今后五六年中没有问题。最后还配了一副我生平最满意的眼镜。

上面讲的主要是医疗方面的情况。我在这里还领略人情之美。我进院时，是病人对医生的关系。虽然受到院长、政委、几位副院长，以及一些科主任和大夫的礼遇，仍然不过是这种关系的表现。

但是，悄没声地这种关系起了变化。我同几位大大逐渐从病人医生的关系转向朋友的关系，虽然还不能说无话不谈，但却能谈得很深，讲一些蕴藏在心灵中的真话。常言道："对人只讲三分话，不能闲抛一片心。"讲点真话，也并不容易的。此外，我同本科的护士长、护士，甚至打扫卫生的外地来的小女孩，也都逐渐熟了起来，连给首长陪住的解放军战士也都成了我的忘年交，其乐融融。

我的七十年前的老学生原三〇一副院长牟善初，至今已到了望九之年，仍然每天穿上白大褂，巡视病房。他经常由周大夫陪着到我屋里来闲聊。七十年的漫长岁月并没有隔断我们的师生之情，不也是人生一大快事吗？

我的许多老少朋友，包括江牧岳先生在内，亲临医院来看我。如果不是三〇一门禁极为森严，则每天探视的人将挤破大门。我真正感觉到了，人间毕竟是温暖的，生命毕竟是可爱的，生活着毕竟是美丽的（我本来不喜欢某女作家的这一句话，现在姑借用之）。

我初入院时，陌生的感觉相当严重。但是，现在我要离开这里了，却产生了浓烈的依依难舍的感情。"客房回看成乐园"，我不禁一步三回首了。

对未来的悬思

我于2002年8月15日入院，9月30日出院回家，带着捡回来的一条命，也可以说是三〇一送给我的一条命，这四十五天并不长，却在我生命历程上画上了一个深深的痕迹。

现在回家来了，怎么办?

记得去年一位泰国哲学家预言我今年将有一场大灾。对这种预言我从来不相信，现在也不相信。但是却不能不承认，他说准了。我在上面已经提到过："大难不死，必有后福。"我还能有什么后福呢?

那些什么"相期以茶"，什么活一百二十岁的话，是说着玩玩的，像唱歌或作诗，不能当真的。真实的情况是，我已经九十二岁。是古今中外文人中极少见的了，我应该满意了。通过这一场大病，我认识到，过去那种忘乎所以的态度是要不得的，是极其危险的。老了就得服老，老老实实地服老，才是正道。我现在能做到这一步了。

或许有人要问：你读万卷书，行万里路，生平极多坎坷，你对人生悟出了什么真谛吗？答曰：悟出了一些，就是我上面说的那一些，真谛就寓于日常生活中，不劳远求。那一套“菩提本无树，明镜亦非台，本来无一物，何处染尘埃”，我是绝对悟不出来的。

现在身躯上的零件，都已经用了九十多年，老化是必然的。可惜不能像机器一样，拆开来涂上点油。不过，尽管老化，看来还能对付一些日子。而且，不管别的零件怎样，我的脑袋还是难得糊涂的。我就利用这一点优势，努力工作下去，再多写出几篇《新日知录》，多写出一些抒情的短文，歌颂祖国、歌颂人民、歌颂生命、歌颂自然，歌颂一切应该歌颂的美好的东西，鞠躬尽瘁、死而后已。

写到这里，最重要的问题我还没有说。老子是讲辩证法的哲学家。他那有名的关于祸福的话，两千年来，尽人皆知：福兮祸所伏，祸兮福所倚。我这一次重得新生，当然是福。但是，这个重得并非绝对的，也还并没有完成。医生让我继续服药，至少半年，随时仔细观察。倘若再有湿疹模样的东西出现，那就殆矣。这无疑在我头顶上用一根头发悬上了一把达摩克利斯利剑，随时都有刺下来的可能。其实，每一个人从出生的那一刹那开始，就有这样的利剑悬在头上，有道是“黄泉路上无老少”嘛，只是人们不去感觉而已。我被告知，也算是幸运，让我随时警惕，不敢忘乎所以。这不是极大的幸福吗？

我仍然是在病中。

2002年10月3日写毕 *

---

* 编注：《早期历史》至《对未来的悬思》。

我的座右铭

多少年以来，我的座右铭一直是：

纵浪大化中，
不喜亦不惧。
应尽便须尽，
无复独多虑。

老老实实的、朴朴素素的四句陶诗，几乎用不着任何解释。

我是怎样实行这个座右铭的呢？无非是顺其自然、随遇而安而已，没有什么奇招。

“应尽便须尽，无复独多虑”（到了应该死的时候，你就去死，用不着左思右想），这句话应该是关键性的。但是在我几十年的风华正茂的期间内，“尽”什么的是很难想到的。在这期间，我当然既走过阳关大道，也走过独木小桥。即使在走独木桥时，好像路上铺的全是玫瑰花，没有荆棘。这与“尽”的距离太远太远了。

到了现在，自己已经九十多岁了。离人生的尽头，不会太远了。我在这时候，根据座右铭的精神，处之泰然，随遇而安。我认为，这是唯一正确的态度。

我不是医生，我想贸然提出一个想法。所谓老年忧郁症恐怕十有八九同我上面提出的看法有关，怎样治疗这种病症呢？我本来想用“无可奉告”来答复。但是，这未免太简慢，于是改写一首打油：题曰“无题”：

人生在世一百年，
天天有些小麻烦。
最好办法是不理，
只等秋风过耳边。

1997 年

谈老

偶读白香山诗，读到一首《味老赠梦得》，觉得很有意思，先把诗抄在下面：

与君俱老也，自问老何如。眼涩夜先卧，头慵朝未梳。有时扶杖出，尽日闭门居。懒照新磨镜，休看小字书。情于故人重，迹共少年疏。惟是闲谈兴，相逢尚有余。

老，在人生中，是一件大事。地位之重要。但是对待老的态度，佛家讲生、老、病、死，可见其各个时代的人却是很不相同的。

白香山是唐代人。他在这一首诗中表现出来的态度，我觉得还过得去。他是心平气和的，没有叹老嗟贫，没有见白发而心惊，睹颓颜而伤心。这在当时说已经是颇为难得的了。但是，其中也多少有一些消极的东西。比如说懒梳头、不看镜等。诗中也表现了他的一些心理活动，比如说“情于故人重，迹共少年疏”，这恐怕是古今之所同。我们今天常讲的代沟，不是“迹共少年疏”吗？

到了今天，人间已经换了几次，情况大大地变了。今天，古稀老人，触目皆是，谁也不觉得稀奇了。我相信，我们绝大多数都是唯物主义者，我们认为，老是自然规律，老是人生阶段之一，能达到这个阶段，就是幸福的。大家都想再多活几年，再多给人民做点事情。老以后还有一个阶段，那一个阶段也肯定会来的，这也是自然规律，谁也不会像江淹说的那样：“莫不饮恨而吞声。”

至于说“迹共少年疏”，虽然是古今之所同，但是我认为不是不能挽救的。今天我们老人，还有年轻人，在我们思想中的封建的陈旧的东西恐怕是越来越少了吧，我们老人并不会认为，自己一贯正确，永远正确，“嘴上无毛，办事不牢”。我们承认自己阅历多，经验富，但也承认精力衰退，容易保守。年轻人阅历浅，经验少，但是他们精力充沛，最少保守思想。将来的天下毕竟是他们的。我们老年和青年，我相信只要双方都愿意，是能谈得来的。“迹共少年疏”，会变为“迹共少年密”（平仄有点不协）的。

1985年6月17日

老年

人确实是极为奇怪的动物，到了老年，往往还不承认自己老。我也并非例外。过了还历之年，有人喊自己“季老”，还觉得很刺耳，很不舒服。只是在到了耄耋之年，对这个称呼，才品出来了一点滋味，觉得有点舒服。我在任何方面都是后知后觉。天性如此，无可奈何。

我觉得，在人类前进的极长的历史过程中，每一代人都只是一条链子上的一个环。拿接力赛来作比，每一代人都是从前一代手中接过接力棒，跑完了一棒，再把棒递给后一代人。这就是人生。人生的意义与价值就在于认真负责地完成自己这一棒的任务。做到这一步，就可以心安理得了。古代印度人有人生四阶段的说法，是颇有见地的。

这个道理其实是极为明白易懂的，但是却极少人了解。古代有一些人，主要是皇帝老子，梦想长生不老，结果当然是竹篮子打水——一场空。古代和近代，甚至当代，有一些人，到了老年愁这愁那：一方面为子孙积财，甚至不择手段；一方面又为自己的身后着想，修造坟场，筹建祠堂。这是有钱人的事。没有钱的老年人心事更多，想为子孙积攒钱财，又力不从心，捉襟见肘。财积不成，又良心难安。等到大限来到之时，还是两手空空，抱着无限负疚的心情，去见阎罗大王。大概在望乡台上，还是老泪纵横哩。

最近翻看明人笔记，在一本名叫《霏雪录》的书里读到了一段话，是抄的唐代大诗人白居易的一首自警诗，原诗是：

蚕老茧成不庇身
蜂饥蜜熟属他人
须知年老忧家者
恐似二虫虚苦辛

诗句明白易懂，道理浅显清楚。在中国历代著名的文人中，白居易活的年龄算是相当老的。他到了老年，有了这样通脱的想法，耐人寻味，这恐怕同他晚年的信仰有关。他信仰佛教，大概又受到了中国传统道教的影响。这一首诗可以帮助我们思考一些问题。

1993年12月26日

老年谈老

老年谈老，就在眼前；然而谈何容易！

原因何在呢？原因就在，自己有时候承认老，有时候又不承认，真不知道从何处谈起。

记得很多年以前，自己还不到六十岁的时候，有人称我为“季老”，心中颇有反感，应之逆耳，不应又不礼貌，左右两难，极为尴尬。然而曾几何时，在不知不觉中，渐渐地听得入耳了，有时甚至还有点甜蜜感。自己吃了一惊：原来自己真是老了，而且也承认老了。至于这个大转变是从什么时候开始的，自己有点茫然懵然，我正在推敲而且研究。

不管怎样，一个人承认老是并不容易的。我的一位九十岁出头的老师有一天对我说，他还不觉得老，其他可知了。我认为，在这里关键是一个“渐”字。若干年前，我读过丰子恺先生一篇含有浓厚哲理的散文，讲的就是这个“渐”字。这个字有大神通力，它在人生中的作用决不能低估。人们有了忧愁痛苦，如果不渐渐地淡化，则一定会活不下去的。人们逢到极大的喜事，如果不渐渐地恢复平静，则必然会忘乎所以，高兴得发狂。人们进入老境，也是逐渐感觉到的。能够感觉到老，其妙无穷。人们渐渐地觉得老了，从积极方面来讲，它能够提醒你：一个人的岁月绝不是取之不尽用之不竭的，应该抓紧时间，把想做的事情做完、做好，免得无常一到，后悔无及。从消极方面来讲，一想到自己的年龄，那些血气方刚时干的勾当就不应该再去硬干。个别喜欢争名于朝、争利于市的人，或许也能收敛一点。老之为用大矣哉！

我自己是怎样对待老年呢？说来也颇为简单。我虽年届耄耋，内部零件也并不都非常健全；但是我处之泰然，我认为，人上了年纪，有点这样那样的病，是合乎自然规律的，用不着大惊小怪。如果年老了，硬是一点病都没有，人人活上二三百岁甚至更长的时间，那么今天狂呼“老龄社会”者，恐怕连嗓子也会喊哑，而且吓得浑身发抖，连地球也会被压塌的。我不想做长生的梦。我对老年，甚至对人生的态度是道家的。

看到我已经有了一把子年纪，好多人都问我：有没有什么长寿秘诀。我的答复是：我的秘诀就是没有秘诀，或者不要秘诀。我常常看到有一些相信秘诀的人，禁忌多如牛毛。这也不敢吃，那也不敢尝，比如，吃鸡蛋只吃蛋清，不吃蛋黄，因为据说蛋黄胆固醇高，动物内脏决不入口，同样因为胆固醇高。

有的人吃一个苹果要消三次毒，然后削皮，削皮用的刀子还要消毒，不在话下，削了皮以后，还要消一次毒，此时苹果已经毫无苹果味道，只剩下消毒药水味了。从前有一位化学系的教授，吃饭要仔细计算卡路里的数量，再计算维生素的数量，吃一顿饭用的数学公式之多等于一次实验。结果怎样呢？结果每月饭费超过别人十倍，而人却瘦成一只干巴鸡。一个人到了这个地步，还有什么人生之乐呢？如果再戴上放大百倍的显微镜眼镜，则所见者无非细菌，试问他还能活下去吗？

至于我自己呢，我决不这样做，我一无时间，二无兴趣。凡是我觉得好吃的东西我就吃，不好吃的我就不吃，或者少吃，卡路里、维生素统统见鬼去吧。心里没有负担，胃口自然就好，吃进去的东西都能很好地消化。再辅之以腿勤、手勤、脑勤，自然百病不生了。脑勤我认为尤其重要。如果非要让我讲出一个秘诀不行的话，那么我的秘诀就是：千万不要让脑筋懒惰，脑筋要永远不停地思考问题。

我已年届耄耋，但是，专就北京大学而论，倚老卖老，我还没有资格。在教授中，按年龄排队，我恐怕还要排到二十多位以后。我幻想眼前有一个按年龄顺序排列的向八宝山进军的北大教授队伍。我后面的人当然很多。但是向前看，我还算不上排头，心里颇得安慰，并不着急。可是偏有一些排在我后面的比我年轻的人，风风火火，抢在我前面，越过排头，登上山去。我心里实在非常惋惜，又有点怪他们，今天我国的平均寿命已经超过七十岁，比新中国成立前增加了一倍，你们正在精力旺盛时期，为国效力，正是好时机，为什么非要抢先登山不行呢？这我无法阻拦，恐怕也非本人所愿。不过我已下定决心，决不抢先夹塞。

不抢先夹塞活下去目的何在呢？要干些什么事呢？我一向有一个自己认为是正确的看法：人吃饭是为了活着，但活着却不是为了吃饭。到了晚年，更是如此。我还有一些工作要做，这些工作对人民对祖国都还是有利的，不管这个“利”是大是小。我要把这些工作做完，同时还要再给国家培养一些人才。我仍然要老老实实干活，清清白白做人，决不干对不起祖国和人民的事；要尽量多为别人着想，少考虑自己的得失。人过了八十，金钱富贵等同浮云，要多为下一代操心，少考虑个人名利，写文章决不剽窃抄袭，欺世盗名。等到非走不行的时候，就顺其自然，坦然离去，无愧于个人良心，则吾愿足矣。

要说的话已经说完，但是我还想借这个机会发点牢骚。我在上面提到“老龄社会”这个词儿。这个概念我是懂得的，有一些措施我也是赞成的。什么干部年轻化，教师年轻化，我都举双手赞成。但是我对报纸上天天大声叫嚷“老龄社会”，却有极大的反感。好像人一过六十就成了社会的包袱，成了阻碍社会进步的绊脚石，我看有点危言耸听，不知道用意何在。我自己已是老人，我也观察过许多别的老人。他们中游手好闲者有之，躺在医院里不能动的有之，天天提鸟笼持钓竿者有之，如此等等，不一而足。但这只是少数，并不是老人的全部。还有不少老人虽然已经寿登耄耋，年逾期颐，向着白寿甚至茶寿进军，但仍然勤勤恳恳，焚膏继晷，兀兀穷年，难道这样一些人也算是社会的包袱吗？我倒不一定赞成“姜是老的辣”这样一句话。年轻人朝气蓬勃，是我们未来希望之所在，让他们登上要路津，是完全必要的。但是对老年人也不必天天絮絮叨叨，耳提面命：“你们已经老了！你们已经不行了！对老龄社会的形成你们不能辞其咎呀！”这样做有什么用处呢？随着生活的日益改善，人们的平均寿命还要提高，将来老年人在社会中所占的比例还要提高。即使你认为这是一件坏事，你也没有法子改变。听说从前钱玄同先生主张，人过四十一律枪毙。这只是愤激之词，有人作诗讽刺他自己也活过了四十而照样活下去。我们有人老是为社会老龄化担忧，难道能把六十岁以上的人统统赐自尽吗？老龄化同人口多不是一码事。担心人口爆炸，用计划生育的办法就能制止。老龄化是自然趋势，而且无法制止。既然无法制止，就不必瞎嚷，这是徒劳无益的。我总怀疑，“老龄化”这玩意儿也是从外国进口的舶来品。西方人有同我们不同的伦理概念。我们大可以不必东施效颦。质诸高明，以为如何？

牢骚发完，文章告终，过激之处，万望包容。

1991年7月15日

长寿之道

我已经到了望九之年，可谓长寿矣。因此经常有人向我询问长寿之道，养生之术。

我敬谨答曰："养生无术是有术。"

这话看似深奥，其实极为简单明了。我有两个朋友，十分重视养生之道。每天锻炼身体，至少要练上两个钟头。曹操诗曰："对酒当歌，人生几何？"人生不过百年，每天费上两个钟头，统计起来，要有多少钟头啊！利用这些钟头，能做多少事情呀！如果真有用，也还罢了。他们两人，一个先我而走，一个卧病在家，不能出门。

因此，我首创了三"不"主义：不锻炼、不挑食、不嘀咕。名闻全国。

我这个三不主义，容易招误会，我现在利用这个机会解释一下。我并不绝对反对适当的体育锻炼，但不要过头。一个人如果天天望长寿如大旱之望云霓，而又绝对相信体育锻炼，则此人心态恐怕有点失常，反不如顺其自然为佳。

至于不挑食，其心态与上面相似。常见有人年才逾不惑，就开始挑食，蛋黄不吃，动物内脏不吃，每到吃饭，战战兢兢，如履薄冰，窘态可掬，看了令人失笑。以这种心态而欲求长寿，岂非南辕而北辙！

我个人认为，第三点最为重要。对什么事情都不嘀嘀咕咕，心胸开朗，乐观愉快，吃也吃得下，睡也睡得着，有问题则设法解决之，有困难则努力克服之，决不视芝麻绿豆大的窘境如苏迷庐山般大，也决不毫无原则随遇而安，决不玩世不恭。有这样的心境，焉能不健康长寿？

我现在还想补充一点，很重要的一点。根据我个人七八十年的经验，一个人决不能让自己的脑筋投闲置散，要经常让脑筋活动着。根据外国一些科学家实验结果，“用脑伤神”的旧说法已经不能成立，应改为“用脑长寿”。人的衰老主要是脑细胞的死亡。中老年人的脑细胞虽然天天死亡，但人一生中所启用的脑细胞只占细胞总量的四分之一，而且在活动的情况下，每天还有新的脑细胞产生。只要脑筋的活动不停止，新生细胞比死亡细胞数目还要多。勤于动脑筋，则能经常保持脑中血液的流通状态，而且能通过脑筋协调控制全身的功能。

我过去经常说：“不要让脑筋闲着。”我就是这样做的。结果是有人说我“身轻如燕，健步如飞”。这话有点过了头，反正我比同年龄人要好些，这却是真的。原来我并没有什么科学根据，只能算是一种朴素的直觉。现在读报纸，得到了上面认识。在沾沾自喜之余，谨作补充如上。

这就是我的“长寿之道”。

1997 年 10 月 29 日

谈老年

一

我已经到了望九之年，无论怎样说都只能说是老了。但是，除了眼有点不明，耳有点不聪，走路有点晃悠之外，没有什么老相，每天至少还能工作七八个小时。我没有什么老的感觉，有时候还会有点沾沾自喜。

可是我原来并不是这个样子的。

我生来就是一个性格内向、胆小怕事的人。我之所以成为现在这样一个人，完全是环境逼迫出来的。我向无大志。小学毕业后，我连报考赫赫有名的济南省立第一中学的勇气都没有，只报了一个“破正谊”。那种“大丈夫当如是也”的豪言壮语，我认为，只有英雄才能有，与我是不沾边的。

在寿命上，我也是如此。我的第一本账是最多能活到五十岁，因为我的父母都只活到四十几岁，我绝不会超过父母的。

然而，不知道怎么一来，五十之年在我身边倏尔而过，没有留下任何痕迹，我也根本没有想到过。接着是中国老百姓最忌讳的两个年龄：七十三岁，孔子之寿；八十四岁，孟子之寿。这两个年龄也像白驹过隙一般在我身旁飞过，也没有留下任何痕迹，我也根本没有想到过，到了现在，我就要庆祝米寿了。

早在50年代，我才四十多岁，不知为什么忽发奇想，想到自己是否能活到21世纪。我生于1911年，必须能活到八十九岁才能见到21世纪，而八十九这个数字对于我这个素无大志的人来说，简直就是个天文数字。我阅读中外学术史和文学史，有一个别人未必有的习惯，就是注意传主的生年卒月，我吃惊地发现，古今中外的大学者和大文学家活到九十岁的简直如凤毛麟角。中国宋代的陆游活到八十五岁，可能就是中国诗人之冠了。胆怯如我者，遥望21世纪，遥望八十九这个数字，有如遥望海上三山，山在虚无缥缈间，可望而不可即了。

陈岱孙先生长我十一岁，是世纪的同龄人。当年在清华时，我是外语系的学生，他是经济系主任兼法学院院长，我们可以说是有师生关系。新中国成立后，很长一段时间，我们俩同在全国政协，而且同在社会科学组，我们可以说又成了朋友，成了忘年交。陈先生待人和蔼，处世谨慎，从不说过分过激的话。但是，对我说话，却是相当随便的。他九十岁的那一年，我还不到八十岁。有一天，他对我说："我并没有感到自己老了。"我当时颇有点吃惊，难道九十岁还不能算是老吗？可是，人生真如电光火石，时间真是转瞬即逝，曾几何时，我自己也快到九十岁了。不可能的事情成为可能了，不可信的事情成为可信了。“此中有真意，欲辨已忘言”，奈之何哉！

1999年7月19日

二

即使自己没有老的感觉，但是老毕竟是一个事实。于是，我也就常常考虑老的问题，注意古今中外诗人、学者涉及老的篇章。在这方面，篇章异常多，内容异常复杂。约略言之，可能有以下几种情况，最普遍最常见的是叹老嗟贫，这种态度充斥于文人的文章中和老百姓的俗话中。老与贫皆非人之所愿，然而谁也回天无力，在万般无奈的情况下，只能叹而且嗟，聊以抒发郁闷而已。其次是故作豪言壮语，表面强硬，内实虚弱。最有名的最为人所称誉的曹操的名作：

老骥伏枥，
志在千里。
烈士暮年，
壮心不已。

初看起来气粗如牛，仔细品味，实极空洞。这有点像在深夜里一个人独行深山野林中故意高声唱歌那样，流露出来的正是内心的胆怯。

对老年这种现象进行平心静气的肌擘理分的文章，在中国好像并不多。最近偶尔翻看杂书，读到了两本书，其中有两篇关于老年的文章，合乎我提到的这个标准，不妨介绍一下。

先介绍古罗马西塞罗（公元前106—前43年）的《论老年》。他是有名的政治家、演说家和散文家，《论老年》是他的《三论》之一。西塞罗先介绍了一位活到一百〇七岁的老人的话："我并没有觉得老年有什么不好。"这就为本文定了调子。接着他说：

> 老年之所以被认为不幸福有四个理由：第一是，它使我们不能从事积极的工作；第二是，它使身体衰弱；第三是，它几乎剥夺了我们所有感官上的快乐；第四是，它的下一步就是死。

他接着分析了这些说法有无道理。他逐项进行了细致的分析，并得出了有积极意义的答复。我在这里只想对第四项做一点补充。老年的下一步就是死，这毫无问题。然而，中国俗话说："黄泉路上无老少。"任何年龄的人都可能死的，也可以说，任何人的下一步都是死。

最后，西塞罗讲到他自己老年的情况。他编纂《史源》第七卷，搜集资料，撰写论文。他接着说：

此外，我还在努力学习希腊文，并且，为了不让自己的记忆力衰退，我仿效毕达哥拉斯派学者的方法，每天晚上把我一天所说的话、所听到或所做的事情再复述一遍……我很少感到自己丧失体力……我做这些事情靠的是脑力，而不是体力。即使我身体很弱，不能做这些事情，我也能坐在沙发上享受想象之乐……因为一个总是在这些学习和工作中讨生活的人，是不会察觉自己老之将至的。

这些话说得多么具体而真实呀！我自己的做法同西塞罗差不多。我总不让自己的脑筋闲着，我总在思考着什么，上至宇宙，下至苍蝇，我无所不想。思考锻炼看似是精神的，其实也是物质的。我之所以不感到老之已至，与此有紧密关联。

1999年7月20日

三

我现在介绍一下法国散文大家蒙田关于老年的看法，蒙田大名鼎鼎，昭如日月。但是，我对他的散文随笔却有与众不同的看法。他的随笔极多，他愿意怎样写，就怎样写；愿停就停，愿起就起，颇符合中国一些评论家的意见。我则认为，文章必须惨淡经营，这样松松散散，是没有艺术性的表现。尽管蒙田的思想十分深刻，入木三分，但是，这是哲学家的事。文学家可以有这种本领，但文学家最关键的本领是艺术性。

在《蒙田随笔》中有一篇论西塞罗的文章，意思好像是只说他爱好虚荣，对他的文章则只字未提。《蒙田随笔》三卷集最后一篇随笔是《论年龄》，其中涉及老年。在这篇随笔中，同其他随笔一样，文笔转弯抹角，并不豁亮，有古典，也有“今典”，颇难搞清他的思路。蒙田先讲，人类受大自然的摆布，常遭不测，不容易活到预期的寿命。他说：“老死是罕见的、特殊的、非一般的。”这话不易理解。下面他又说道：人的活力二十岁时已经充分显露出来。他还说，人的全部丰功伟业，不管何种何类，不管古今，都是三十岁以前而非以后创立的。这意见，我认为也值得商榷。最后，蒙田谈到老年：“有时是身躯首先衰老，有时也会是心灵。”这是符合实际情况的。

蒙田就介绍到这里。

我在上面说到，古今中外谈老年的诗文极多极多，不可能，也不必一一介绍。在这里，我想，有的读者可能要问：“你虽然不感老之已至，但是你对老年的态度怎样呢？”

这问题问得好，是地方，也是时候，我不妨回答一下。我是曾经死过一次的人。读者诸君，千万不要害怕，我不是死鬼显灵，而是活生生的人。所谓“死过一次”，只要读过我的《牛棚杂忆》就能明白，不必再细说。总之，从 1967 年 12 月以后，我多活一天，就等于多赚了一天，算到现在，我已经多活了，也就是多赚了三十多年了，已经超过了我满意的程度。死亡什么时候来临，对我来说都是无所谓的，我随时准备着开路，而且无悔无恨。我并不像一些魏晋名士那样，表面上放浪形骸，不怕死亡。其实他们的狂诞正是怕死的表现。如果真正认为死亡是微不足道的事，何必费那么大劲装疯卖傻呢？

根据我上面说的那个理由，我自已的确认为死亡是微不足道、极其自然的事。连地球，甚至宇宙有朝一日也会灭亡，戋戋者人类何足挂齿！我是陶渊明的信徒，是听其自然的，“应尽便须尽，何必独多虑”！但是，我还想说明，活下去，我是高兴的。不过，有一个条件，我并不是为活着而活着。我常说，吃饭为了活着，但活着并不是为了吃饭。我对老年的态度约略如此，我并不希望每个人都跟我抱同样的态度。

1999 年 7 月 21 日

老年十忌

我已经在本栏写过谈老年的文章，意犹未尽，再写“十忌”。

忌，就是禁忌，指不应该做的事情。人的一生，都有一些不应该做的事情，这是共性。老年是人生的一个阶段，有一些独特的不应该做的事情，这是特性，老年禁忌不一定有十个。我因受传统的“十全大补”、“某某十景”之类的“十”字谜的影响，姑先定为十个。将来或多或少，现在还说不准。骑驴看唱本，走着瞧吧。

一忌：说话太多。说话，除了哑巴以外，是每人每天必有的行动。有的人喜欢说话，有的人不喜欢，这取决于一个人的秉性，不能强求一律。我在这里讲忌说话太多，并没有“祸从口出”或“金人三缄其口”的含义。说话惹祸，不在话多话少，有时候，一句话就能惹大祸。口舌惹祸，也不限于老年人，中年和青年都可能由此致祸。

我先举几个例子。

某大学有一位老教授，道德文章，有口皆碑。虽年逾耄耋，而思维敏锐，说话极有条理。不足之处是：一旦开口，就如悬河泄水，滔滔不绝；又如开了闸，再也关不住，水不断涌出。在那个大学里流传着一个传说：在学校召开的会上，某老一开口发言，有的人就退席回家吃饭，饭后再回到会场，某老谈兴正浓。据说有一次博士生答辩会，规定开会时间为两个半小时，某老参加，一口气讲了两个小时，这个会会是什么结果，答辩委员会的主席会有什么想法和措施，他会怎样抓耳挠腮、坐立不安，概可想见了。

另一个例子是一位著名的敦煌画家。他年轻的时候，头脑清楚，并不喜欢说话。一进入老境，脾气大变，也许还有点老年痴呆症的原因，说话既多又不清楚。有一年，在北京国家图书馆新建的大礼堂中召开中国敦煌吐鲁番学会的年会，开幕式必须请此老讲话。我们都知道他有这个毛病，预先请他夫人准备了一个发言稿，简捷而扼要，塞入他的外衣口袋里，再三叮嘱他，念完就退席。然而，他一登上主席台就把此事忘得一干二净，摆开架子，开口讲话，听口气是想从开天辟地讲起，如果讲到那一天的会议，中间至少有三千年的距离，主席有点沉不住气了。我们连忙采取紧急措施，把他夫人请上台，从他口袋里掏出发言稿，让他照念，然后下台如仪，会议才得以顺利进行。

类似的例子还可以举出一些来，我不再举了。根据我个人的观察，不是每一个老人都有这个小毛病，有的人就没有。我说它是“小毛病”，其实并不小。试问，我上面举出的开会的例子，难道还不会制造极为尴尬的局面吗？当然，话又说了回来，爱说长话的人并不限于老年，中青年都有，不过以老年为多而已。因此，我编了四句话，奉献给老人：年老之人，血气已衰，刹车失灵，戒之在说。

二忌：倚老卖老。50 年代和 60 年代前期，中国政治生活还比较（我只说是“比较”）正常的时候，周恩来招待外宾后，有时候会把参加招待的中国同志在外宾走后留下来，谈一谈招待中有什么问题或纰漏，有点总结经验的意味。这时候刚才外宾在时严肃的场面一变而为轻松活泼，大家都争着发言，谈笑风生，有时候一直谈到深夜。

有一次，总理发言时使用了中国常见的“倚老卖老”这个词儿。翻译一时有点迟疑，不知道怎样恰如其分地译成英文。总理注意到了，于是在客人走后就留下中国同志，议论如何翻译好这个词儿。大家七嘴八舌，最终也没能得出满意的结论。我现在查了两部《汉英词典》，都把这个词儿译为 To take advantage of one’s seniority or old age，意思是利用自己的年老，得到某一些好处，比如脱落形迹之类。我认为基本能令人满意的，但是“达到脱落形迹的目的”，似乎还太狭隘了一点，应该是“达到对自己有利的目的”。

人世间确实不乏“倚老卖老”的人，学者队伍中更为常见。眼前请大家自己去找。我讲点过去的事情，故事就出在清吴敬梓的《儒林外史》中。吴敬梓有刻画人物的天才，着墨不多，而能活灵活现。第十八回，他写了两个时文家。胡三公子请客：

四位走进书房，见上面席间先坐着两个人，方巾白须，大模大样，见四位进来，慢慢立起身。严贡生认得，便上前道：“卫先生、随先生都在这里，我们公揖。”当下作过了揖，请诸位坐。那卫先生、随先生也不谦让，仍旧上席坐了。

倚老卖老，架子可谓十足。然而本领却并不怎么样，他们的诗，“且夫”、“尝谓”都写在内，其余也就是文章批语上采下来的几个字眼。一直到今天，倚老卖老、摆老架子的人大都如此。

平心而论，人老了，不能说是什么好事，老态龙钟，惹人厌恶。但也不能说是什么坏事。人一老，经验丰富，识多见广。他们的经验，有时会对个人，甚至对国家，有些用处的。但是，这种用处是必须经过事实证明的，自己一厢情愿地认为有用处，是不会取信于人的。另外，根据我个人的体验与观察，一个人，老年人当然也包括在里面，最不喜欢别人瞧不起他。一感觉到自己受了怠慢，心里便不是滋味，甚至怒从心头起，拂袖而去。有时闹得双方都不愉快，甚至结下怨仇。这是完全要不得的。一个人受不受人尊敬，完全取决于你有没有值得别人尊敬的地方。在这里，摆架子，倚老卖老，都是枉然的。

三忌：思想僵化。人一老，在生理上必然会老化；在心理上或思想上，就会僵化。此事理之所必然，不足为怪。要举典型，有鲁迅的九斤老太在。

从生理上来看，人的躯体是由血、肉、骨等物质的东西构成的，是物质的东西就必然要变化、老化，以至消逝。生理的变化和老化必然影响心理或思想，这是无法抗御的。但是，变化、老化或僵化却因人而异，并不能一视同仁。有的人早，有的人晚；有的人快，有的人慢。所谓老年痴呆症，只是老化的一个表现形式。

空谈无补于事，试举一标本，加以剖析。远在天边，近在眼前，标本就是我自己。

我已届九旬高龄，古今中外的文人能活到这个年龄者只占极少数。我不相信这是由于什么天老爷、上帝或佛祖的庇祐，而是享了新社会的福。现在，我目虽不太明，但尚能见物；耳虽不太聪，但尚能闻声。看来距老年痴呆和八宝山还有一段距离，我也还没有这样的计划。

但是，思想僵化的迹象我也是有的。我的僵化同别人或许有点不同：它一半自然，一半人为。前者与他人共之，后者则为我所独有。

我不是九斤老太一党，我不但不认为“一代不如一代”，而且确信“雏凤清于老凤声”。可是最近几年来，一批“新人类”或“新新人类”脱颖而出，他们好像是一批外星人，他们的思想和举止令我迷惑不解、惶恐不安。这算不算是自然的思想僵化呢？

至于人为的思想僵化，则多一半是一种逆反心理在作祟。就拿穿中山装来做例子。我留德十年，当然是穿西装的。新中国成立以后，我仍然有时改着西装。可是改革开放以来，不知从哪吹来了一股风，一夜之间，西装遍神州大地矣。我并不反对穿西装，但我不承认西装就是现代化的标志，而且打着领带锄地，我也觉得滑稽可笑。于是我自己就“僵化”起来，从此再不着西装，国内国外，大小典礼，我一律蓝色卡其布中山装一袭，以不变应万变矣。

还有一个“化”，我不知道怎样称呼它。世界科技进步，一日千里，没有科技，国难以兴，事理至明，无待赘言。科技给人类带来的幸福，也是有目共睹的。但是，它带来了危害，也无法掩饰。世界各国现在都惊呼环保，环境污染难道不是科技发展带来的吗？犹有进者。我突然感觉到，科技好像是龙虎山张天师镇妖瓶中放出来的妖魔，一旦放出来，你就无法控制。只就克隆技术一端言之，将来能克隆人，指日可待。一旦实现，则人类社会迄今行之有效的法律准则和伦理规范，必遭破坏。将来的人类社会变成什么样的社会呢？我有点不寒而栗。这似乎不尽属于“僵化”范畴，但又似乎与之接近。

四忌：不服老。服老，《现代汉语词典》的解释：“承认年老”，可谓简明扼要。人上了年纪，是一个客观事实，服老就是承认它，这是唯物主义的态度。反之，不承认，也就是不服老倒迹近唯心了。

中国古代的历史记载和古典小说中，不服老的例子不可胜数，尽人皆知，无须列举。但是，有一点我必须在这里指出来：古今论者大都为不服老唱赞歌，这有点失于偏颇，绝对地无条件地赞美不服老，有害无益。

空谈无补，举几个实例，包括我自己。

1949 年春夏之交，解放军进城还不太久，忘记了是出于什么原因，毛泽东的老师徐特立约我在他下榻的翠明庄见面。我准时赶到，徐老当时年已过八旬，从楼上走下，卫兵想去扶他，他却不停地用胳膊肘捣卫兵的双手，一股不服老的劲头至今给我留下了难忘的印象。

再一个例子是北大 20 年代的教授陈翰笙先生。陈先生生于 1896 年，跨越了三个世纪，至今仍然健在。他晚年病目失明，但这丝毫也没有影响他的活动，有会必到。有人去拜访他，他必把客人送到电梯门口。有时还会对客人伸一伸胳膊，踢一踢腿，表示自己有的是劲。前几年，每天还安排时间教青年英文，分文不取。这样的不服老我是钦佩的。

也有人过于服老。年不到五十，就不敢吃蛋黄和动物内脏，怕胆固醇增高。这样的超前服老，我是不敢钦佩的。

至于我自己，我先讲一段经历。是在 1995 年，当时我已经达到了八十四岁高龄。然而我却丝毫没有感觉到，不知老之已至，正处在平生写作的第二个高峰中。每天跑一趟北大图书馆，几达两年之久，风雪无阻。我已经有点忘乎所以了。一天早晨，我照例四点半起床，到东边那一单元书房中去写作。一转瞬间，肚子里向我发出信号：该填一填它了。一看表，已经六点多了。于是我放下笔，准备回西房吃早点。可是不知是谁把门从外面锁上了，里面开不开。我大为吃惊，回头看到封了顶的阳台上有一扇玻璃窗可以打开。我于是不假思索，立即开窗跳出，从窗口到地面约有一米八高。我一坠地就跌了一个大马趴，脚后跟有点痛。旁边就是洋灰台阶的角，如果脑袋碰上，后果真不堪设想，我后怕起来了。我当天上下午都开了会，第二天又长驱数百里到天津南开大学去做报告。脚已经肿了起来。第三天，到校医院去检查，左脚跟有点破裂。

我这样的不服老，是昏聩糊涂的不服老，是绝对要不得的。

我在上面讲了不服老的可怕，也讲到了超前服老的可笑。然则何去何从呢？我认为，在战略上要不服老，在战术上要服老，二者结合，庶几近之。

五忌：无所事事。这是一个比较复杂的问题，必须细致地加以分析，区别对待，不能一概而论。

达官显宦，在退出政治舞台之后，幽居府邸，“庭院深深深几许”，我辈槛外人无法窥知，他们是无所事事呢，还是有所事事，无从谈起，姑存而不论。

富商大贾，一旦钱赚够了，年纪老了，把事业交给儿子、女儿或女婿，他们是怎样度过晚年的，我们也不得而知，我们能知道的只是钞票不能拿来炒着吃。这也姑且存而不论。

说来说去，我所能够知道的只是工、农和知识分子这些平头老百姓。中国古人说：“一事不知，儒者之耻。”今天，我这个“儒者”却无论如何也没有胆量说这样的大话。我只能安分守己，夹起尾巴来做人，老老实实地只谈论老百姓的无所事事。

我曾到过承德，就住在避暑山庄对面的一旅馆里。每天清晨出门散步，总会看到一群老人，手提鸟笼，把笼子挂在树枝上，自己则分坐在山庄门前的石头上，“闲坐说玄宗”。一打听，才知道他们多是旗人，先人是守卫山庄的八旗兵，而今老了，无所事事，只有提鸟笼子。试思：他们除了提鸟笼子外还能干什么呢？他们这种无所事事，不必深究。

北大也有一批退休的老工人，每日以提鸟笼为业。过去他们常聚集在我住房附近的一座石桥上，鸟笼也是挂在树枝上，笼内鸟儿放声高歌，清脆嘹亮。我走过时，也禁不住驻足谛听，闻而乐之。这一群工人也可以说是无所事事，然而他们又怎样能有所事事呢？

现在我只能谈我自己也是其中一分子，因而我最了解情况的知识分子。国家给年老的知识分子规定了退休年龄，这是合情合理的，应该感激的。但是，知识分子行当不同，身体条件也不相同。是否能做到老有所为，完全取决于自己，不取决于政府。自然科学和技术，我不懂，不敢瞎说。至于人文社会科学，则我是颇为熟悉的。一般说来，社会科学的研究不靠天才火花一时的迸发，而靠长期积累。一个人到了六十多岁退休的关头，往往正是知识积累和资料积累达到炉火纯青的时候。一旦退下，对国家和个人都是一个损失。有进取心有干劲者，可能还会继续干下去的。可是大多数人则无所事事。我在南北几个大学中都听到了有关“散步教授”的说法，就是，一个退休教授天天在校园里溜达，成了全校著名的人物。我没同“散步教授”谈过话，不知道他们是怎样想的。估计他们也不会很舒服。锻炼身体，未可厚非。但是，整天这样“锻炼”，不也太乏味太单调了吗？学海无涯，何妨再跳进去游泳一番，再扎上两个猛子，不也会身心两健吗？蒙田说得好：“如果大脑有事可做，有所制约，它就会在想象的旷野里驰骋，有时就会迷失方向。”

六忌：提当年勇。

我做了一个梦。我驾着祥云或别的什么云，飞上了天宫，在凌霄宝殿多功能厅里，参加了一个务虚会。第一个发言的是项羽。他历数早年指挥雄师数十万，横行天下，各路诸侯皆俯首称臣，他是诸侯盟主，颐指气使，没有敢违抗者。鸿门设宴，吓得刘邦像一只小耗子一般。说到尽兴处，手舞足蹈，吐沫星子乱溅。这时忽然站起来了一位天神，问项羽：四面楚歌、乌江自刎是怎么一回事呀？项羽立即垂下了脑袋，仿佛是一个泄了气的皮球。

第二个发言的是吕布，他手握方天画戟，英气逼人。他放言高论，大肆吹嘘自己怎样戏貂蝉、杀董卓，为天下人民除害；虎牢关力敌关、张、刘三将，天下无敌。正吹得眉飞色舞，一名神仙忽然高声打断了他的发言：“白门楼上向曹操下跪，恳求饶命，大耳贼刘备一句话就断送了你的性命，是怎么一回事呢？”吕布面色立变，流满了汗，立即下台，像一只斗败了的公鸡。

第三个发言的是关羽。他久处天宫，大地上到处都有关帝庙，房子多得住不过来。他威仪俨然，放不下神架子。但发言时，一谈到过五关斩六将，用青龙偃月刀挑起曹操捧上的战袍时，便不禁圆睁丹凤眼，猛抖卧蚕眉，兴致淋漓，令人肃然。但是又忽然站起了一位天官，问道："夜走麦城是怎么一回事呢？"关公立即放下神架子，神色仓皇，脸上是否发红，不得而知，因为他的脸本来就是红的。他跳下讲台，在天宫里演了一出夜走麦城。

我听来听去，实在厌了，便连忙驾祥云回到大地上，正巧落在绍兴，又正巧阿Q被小D抓住辫子往墙上猛撞，阿Q大呼："我从前比你阔得多了！"可是小D并不买账。

谁一看都能知道，我的梦是假的。但是，在芸芸众生中，特别是在老年中，确有一些人靠自夸当年勇来过日子。我认为，这也算是一种自然现象。争胜好强也许是人类的一种本能。但一旦年老，争胜有心，好强无力，便难免产生一种自卑情结。可又不甘心自卑，于是只有自夸当年勇一途，可以聊以自慰。对于这种情况，别人是爱莫能助的。"解铃还须系铃人"，只有自己随时警惕。

现在有一些得了世界冠军的运动员有一句口头禅：从零开始。意思是，不管冠军或金牌多么灿烂辉煌，一旦到手，即成过去，从现在起又要从零开始了。

我觉得，从零开始是唯一正确的想法。

七忌：自我封闭。这里专讲知识分子，别的界我不清楚。但是，行文时也难免涉及社会其他阶层。

中国古人说："人生识字忧患始。"其实不识字也有忧患。道家说，万物方生方死。人从生下的一刹那开始，死亡的历程也就开始了。这个历程可长可短，长可能到一百年或者更长，短则几个小时，几天，少年夭折者有之，英年早逝者有之，中年弃世者有之，好不容易，跌跌撞撞、坎坎坷坷，熬到了老年，早已心力交瘁了。

能活到老年，是一种幸福，但也是一种灾难。并不是每一个人都能活到老年，所以说是幸福。但是老年又有老年的难处，所以说是灾难。

老年人最常见的现象或者灾难是自我封闭。封闭，有行动上的封闭，有思想感情上的封闭，形式和程度又因人而异。老年人有事理广达，有事理欠通达者。前者比较能认清宇宙万物以及人类社会发展的规律，了解到事物的改变是绝对的，不变是相对的，千万不要要求事物永恒不变。后者则相反，他们要求事物永恒不变，即使变，也是越变越坏，上面讲到的九斤老太就属于此类人。这一类人，即使仍然活跃在人群中，但在思想感情方面他们却把自己严密地封闭起来了。这是最常见的一种自我封闭的形式。

空言无益，试举几个例子。

我在高中读书时，有一位教经学的老师，是前清的秀才或举人。"五经"和"四书"背得滚瓜烂熟，据说还能倒背如流。

他教我们《书经》和《诗经》，从来不带课本，业务是非常熟练的。

可学生并不喜欢他。因为他张口闭口："我们大清国怎样怎样。"学生就给他起了一个诨名"大清国"，他真实的姓名反隐而不彰了。我们认为他是老顽固，他认为我们是新叛逆。我们中间不是代沟，而是万丈深渊，是他把自己完全封闭起来了。

再举一个例子。我有一位老友，写过新诗，填过旧词，毕生研究中国文学史，都达到了相当高的水平。他为人随和，性格开朗，并没有什么乖僻之处。可是，到了最近几年，突然产生了自我封闭的现象，不参加外面的会，不大愿意见人，自己一个人在家里高声唱歌。我曾几次以老友的身份，劝他出来活动活动，他都婉言拒绝。他心里是怎样想的，至今对我还是一个谜。

我认为，老年人不管有什么形式的自我封闭现象，都是对个人健康不利的。我奉劝普天下老年人力矫此弊。同青年人在一起，即使是"新新人类"吧，他们身上的活力总会感染老年人的。

八忌：叹老嗟贫。叹老嗟贫，在中国的读书人中，是常见的现象，特别是所谓怀才不遇的人们中，更是特别突出。我们读古代诗文，这样的内容随时可见。在现代的知识分子中，这样的现象比较少见了，难道这也是中国知识分子进化或进步的一种表现吗？

我认为，这是一个十分值得研究的课题。它是中国知识分子学和中西知识分子比较学的重要内容。

我为什么又拉扯上了西方知识分子呢？因为他们与中国的不同，是现成的参照系。

西方的社会伦理道德标准同中国不同，实用主义色彩极浓。一个人对社会有能力做贡献，社会就尊重你。一旦人老珠黄，对社会没有用了，社会就丢弃你，包括自己的子孙也照样丢弃了你，社会舆论不以为忤。当年我在德国哥廷根时，章士钊的夫人也同儿子住在那里，租了一家德国人的三楼居住。我去看望章伯母时，走过二楼，经常看到一间小屋关着门，门外地上摆着一碗饭，一丝热气也没有。我最初认为是喂猫或喂狗用的。后来一打听，才知道是给小屋内卧病不起的母亲准备的饭菜。同时，房东还养了一条大狼狗，一天要吃一斤牛肉。这种天上人间的情况无人非议，连躺在小屋内病床上的老太太大概也会认为所有这一切都是顺理成章的吧。

在这种狭隘的实用主义大潮中，西方的诗人和学者极少极少写叹老嗟贫的诗文。同中国比起来，简直不成比例。

在中国，情况则大大的不同。中国知识分子一向有“学而优则仕”的传统。过去一千多年以来，仕的途径只有一条，就是科举。

“千军万马独木桥”，所有的读书人都拥挤在这一条路上，从秀才、举人向上爬，爬到进士参加殿试，僧多粥少，极少数极幸运者可以爬完全程，“仕宦而至将相，富贵而归故乡”，达到这个目的万中难得一人。大家只要读一读《儒林外史》，便一目了然。在这样的情况下，倘若科举不利，老而又贫，除了叹老嗟贫以外，实在无路可走了。古人说“诗必穷而后工”，其中“穷”字也有科举不利这个含义。古代大官很少有好诗文传世，其原因实在耐人寻味。

今天，时代变了，但是“学而优则仕”的幽灵未泯，学士、硕士、博士、院士代替了秀才、举人、进士、状元。骨子里并没有大变。在当今知识分子中，一旦有了点成就，便立即披上一顶乌纱帽，这现象难道还少见吗？

今天的中国社会已能跟上世界潮流，但是，封建思想的残余还不容忽视。我们都要加以警惕。

九忌：老想到死。好生恶死，为所有生物之本能。我们只能加以尊重，不能妄加评论。

作为万物之灵的人，更是不能例外。俗话说：“黄泉路上无老少。”可是人一到了老年，特别是耄耋之年，离开那一个长满了野百合花的地方越来越近了，此时常想到死，更是非常自然的。

今人如此，古人何独不然！中国古代的文学家、思想家、骚人、墨客大都关心生死问题。根据我个人的思考，各个时代是颇不相同的。两晋南北朝时期似乎更为关注。粗略地划分一下，可以分为三派。第一派对死十分恐惧，而且敢于十分坦荡地说了出来。这一派可以江淹为代表。他的《恨赋》一开头就说："试望平原，蔓草萦骨，拱木敛魂。人生到此，天道宁论。"最后几句话是："自古皆有死，莫不饮恨而吞声。"话说得再清楚不过了。

第二派可以"竹林七贤"为代表。《世说新语·任诞第二十三》第一条就讲到阮籍、嵇康、山涛、刘伶、阮咸、向秀和王戎"常集于竹林之中，肆意酣畅"，这是一群酒徒。其中最著名的刘伶命人荷锹跟着他，说："死便埋我！"对死看得十分豁达。实际上，情况正相反，他们怕死怕得发抖，聊作姿态以自欺欺人耳。其中当然还有逃避残酷的政治迫害的用意。

第三派可以陶渊明为代表。他的意见具见他的诗《神释》中。诗中有这样的话："老少同一死，贤愚无复数。日醉或能忘，将非促龄具！立善常所欣，谁当为此举？甚念伤吾生，正宜委运去。纵浪大化中，不喜亦不惧。应尽便须尽，无复独多虑。"他反对酣酒麻醉自己，也反对常想到死。我认为，这是最正确的态度。最后四句诗成了我的座右铭。

我在上面已经说到，老年人想到死，是非常自然的。关键是：想到以后，自己抱什么态度。惶惶不可终日，甚至饮恨吞声，是最要不得的，这样必将成陶渊明所说的“促龄具”。最正确的态度是顺其自然，泰然处之。

鲁迅不到五十岁，就写了有关死的文章。王国维则说：“五十之年，只欠一死。”结果投了昆明湖。我之所以能泰然处之，有我的特殊原因。“十年浩劫”中，我已走到过死亡的边缘上，一个千钧一发的偶然性救了我。从那以后，多活一天，我都认为是多赚的。因此就比较能对死从容对待了。

我在这里诚挚奉劝普天之下的年老又通达事理的人，偶尔想一下死，是可以的，但不必老想。我希望大家都像我一样，以陶渊明《神释》诗最后四句为座右铭。

十忌：愤世嫉俗。愤世嫉俗这个现象，没有时代的限制，也没有年龄的限制。古今皆有，老少具备，但以年纪大的人为多。它对人的心理和生理都会有很大的危害，也不利于社会的安定团结。

世事发生必有其因。愤世嫉俗的产生也自有其原因。归纳起来，约有以下诸端：

首先，自古以来，任何时代，任何朝代，能完全满足人民大众的愿望者，绝对没有。不管汉代的文景之治怎样美妙，唐代的贞观之治和开元之治怎样理想，宫廷都难免腐败，官吏都难免贪污，百姓就因而难免不满，其尤甚者就是愤世嫉俗。

其次，“学而优则仕”达不到目的，特别是科举时代名落孙山者，人不在少数，必然愤世嫉俗。这在中国古代小说中可以找出不少的典型。

再次，古今中外都不缺少自命天才的人。有的真有点天才或者才干，有的则只是个人妄想，但是别人偏不买账，于是就愤世嫉俗。其尤甚者，如西方的尼采要“重新估定一切价值”，又如中国的徐文长。结果无法满足，只好自己发了疯。

最后，也是最常见的，对社会变化的迅猛跟不上，对新生事物看不顺眼，是九斤老太一党；九斤老太不识字，只会说“一代不如一代”，识字的知识分子，特别是老年人，便表现为愤世嫉俗，牢骚满腹。

以上只是一个大体的轮廓，不足为据。

在中国文学史上，愤世嫉俗的传统，由来已久。《楚辞》的“黄钟毁弃，瓦缶雷鸣”等语就是最早的证据之一。以后历代的文人多有愤世嫉俗之作，形成了知识分子性格上一大特点。

我也算是一个知识分子，姑以我自己为麻雀，加以剖析。愤世嫉俗的情绪和言论，我也是有的。但是，我又有我自己的表现方式。我往往不是看到社会上的一些不正常现象而牢骚满腹、怪话连篇，而是迷惑不解、惶恐不安。我曾写文章赞美过代沟，说代沟是人类进步的象征。这是我真实的想法。可是到了目前，我自己也傻了眼，横亘在我眼前的像我这样老一代人和一些“新人类”“新新人类”之间的代沟，突然显得其阔无限，其深无底，简直无法逾越了，仿佛把人类历史断成了两截。我感到恐慌，我不知道这样发展下去将伊于胡底。我个人认为，这也是愤世嫉俗的一种表现形式，是要不得的；可我一时又改变不过来，为之奈何！

我不知道，与我想法相同或者相似的有没有人在，有的话，究竟有多少人。我想来想去，觉得还是毛泽东的两句诗好：“牢骚太盛防肠断，风物常宜放眼量。”

2000年2月22日写毕

漫谈“再少”问题

——向普天下老年人祝贺春节

宋代大文学家苏东坡有一首词《浣溪沙》，东坡自述写作来由：游蕲水清泉寺，寺临兰溪，溪水西流。

山下兰芽短浸溪，松间沙路净无泥。萧萧暮雨子规啼。
谁道人生无再少？门前流水尚能西。休将白发唱黄鸡。

我生平涉猎颇广。但是，“再少”这个词儿或者概念，在东坡以前的文献中，却从来没有见到过。这个词儿或这个概念，东坡应该说是首创者。

再少的现象，不能在年龄上，也就是时间上来体现。因为年龄和时间，一旦逝去，就永远逝去。要它回转一秒半秒，也是绝不可能的。

再少的现象或者希望，只能体现在心理状态方面。我们平常的说法是自六十岁起算是老年。一个人的血肉之躯，母亲生下来以后，经过了六十年的风吹雨打，难免受些伤害；行动迟缓了，思维不敏锐了，耳朵和眼睛都不太灵便了，走路也有困难了，如此等等，不一而足。首先，我们必须承认这些客观现象，努力适应这些客观现象。不承认不努力适应是不行的。

但是，承认和适应并不等于屈服。这里就能用上我们常说的主观能动性。主观能动性这种现象，有时候看起来，作用不大。其实，如果运用得当，则能发挥出极大的力量。中国古人说“精诚所至，金石为开”，指的就是这种现象。

对于苏东坡所说的“再少”应该这样来理解。

总之，我是相信“再少”的。愿与全国老年人共勉之。

2006年1月21日

时年九十有五

长生不老

长生不老，过去中国历史上，颇有一些人追求这个境界。那些炼丹服食的老道不就是想“丹成入九天”吗？结果却是“服食求神仙，多为药所误”，最终还是翘了辫子。

最积极的应该数那些皇帝老爷子。他们骑在人民头上，作威作福，后宫里还有佳丽三千，他们能舍得离开这个世界吗？于是千方百计，寻求长生不老之术。最著名的有秦皇、汉武、唐宗、宋祖——这后一位情况不明，为了凑韵，把他拉上了，最后都还是宫车晚出，龙驭上宾了。

我常想，现代人大概不会再相信长生不老了。然而，前几天阅报说，有的科学家正在致力于长生不老的研究。我心中立刻一闪念：假如我晚生八十年，现在年龄九岁，说不定还能赶上科学家们研究成功，我能分享一份。但我立刻又一闪念，觉得自己十分可笑。自己不是标榜豁达吗？“应尽便须尽，无复独多虑。”原来那是自欺欺人。老百姓说“好死不如赖活着”，我自己也属于“赖”字派。

我有时候认为，造化小儿创造出人类来，实在是多此一举。如果没有人类，世界要比现在安静祥和得多了。可造化小儿也立了一功：他不让人长生不老。否则，如果人人都长生不老，我们今天会同孔老夫子坐在一条板凳上，在长安大戏院里欣赏全本的《四郎探母》，那是多么可笑而不可思议的情景啊！我继而又一想，如果五千年来人人都不死，小小的地球上早就承担不了了。所以我们又应该感谢造化小儿。

在对待生命问题上，中国人与印度人迥乎不同。中国人希望转生，连唐明皇和杨贵妃不也是希望“生生世世为夫妻”吗？印度人则在笃信轮回转生之余，努力寻求跳出轮回的办法。以佛教而论，小乘终身苦修，目的是想达到涅槃。大乘顿悟成佛，目的也无非是想达到涅槃。涅槃者，圆融清静之谓，这个字的原意就是“终止”，终止者，跳出轮回不再转生也。中印两国人民的心态，在对待生死大事方面，是完全不同的。

据我个人的看法，人一死就是涅槃，不用你苦苦去追求。那种追求是“可怜无补费工夫”。在亿万年地球存在的期间，一个人只能有一次生命。这一次生命是万分难得的。我们每一个人都必须认识到这一点，切不可掉以轻心。尽管人的寿夭不同，这是人们自己无能为力的。不管寿长寿短，都要尽力实现这仅有的一次生命的价值。多体会民胞物与的意义，使人类和动植物都能在仅有的一生中过得愉快、过得幸福、过得美满、过得祥和。

2000年10月7日凌晨一挥而就

老年四“得”

著名的历史学家周一良教授，在他去世前的一段时间内，在一些公开场合，讲了他的或者他听到的老年健身法门。每一次讲，他都是眉开眼笑、眉飞色舞，十分投入。他讲了四句话：吃得进，拉得出，睡得着，想得开。这话我曾听过几次。我在心里第一个反应是：这有什么好讲的呢？不就是这样子吗？

一良先生不幸逝世以后，迫使我时常想到一些与他有关的事情，以上四句话，四个“得”，当然也在其中。我越想越觉得，这四句话确实很平凡；但是，人世间真正的真理不都是平凡的吗？真理蕴藏于平凡中，世事就是如此。

前三句话，就是我们所说的吃喝拉撒睡那一套，是每一个人每天都必须处理的，简直没有什么还值得考虑和研究的价值，但这是年轻人和某一些中年人的看法。当年我在清华大学读书的时候，从来没想到这四个“得”的问题，因为它们不成问题。当时听说一个个子高大的同学患失眠症，我大惊失色。

我睡觉总是睡不够的，一个人怎么会失眠呢？失眠对我来说简直像是一个神话。至于吃和拉，更是不在话下。每一顿饭，如果少吃了一点，则不久就感到饿意。“二战”期间我在德国时，饿得连地球都想吞下去（借用俄国文豪果戈理《巡按使》中的话）。有一次下乡帮助农民摘苹果，得到四五斤土豆，我回家后一顿吃光，幸而没有撑死。怎么能够吃不下呢？直到八十岁，拉对我也从来没有成为问题。

可是，“如今一切都改变”。前三个“得”，对我都成问题了。三天两头，总要便秘一次。吃了三黄片或果导，则立即变为腹泻。弄得我束手无策，不知所措。至于吃，我可以说，现在想吃什么就有什么。然而有时却什么也不想吃。偶尔有点饿意，便大喜若狂，昭告身边的朋友们：“我害饿了！”睡眠则多年来靠舒乐安定过日子。不值一提了。

我认为，周一良先生的四“得”的要害是第四个，也就是“想得开”。人，虽自称为“万物之灵”，对于其他生物可以任意杀害，也并不总是高兴的。常言道：“不如意事常八九，可与言人无二三。”这两句话对谁都适合。连叱咤风云的君王和大独裁者，以及手持原子弹吓唬别的民族的新法西斯头子，也不会例外。对待这种情况，万应神药只有一味，就是“想得开”。可惜绝大多数人做不到。尤其是我提到的三种人。他们想不开，也根本不想想得开。最后只能成为不齿于人类的狗屎堆。

想不开的事情很多，但统而言之不出“名利”二字，所谓“名缰利索”者便是。世界上能有几人真正逃得出这个缰和这条索？对于我们知识分子，名缰尤其难逃。逃不出的前车之鉴比比皆是。周一良先生的第四“得”，我们实在应深思。它不但适用于老年人，对中青年人也同样适用。

2002 年 6 月 16 日

笑着走

走者，离开这个世界之谓也。赵朴初老先生，在他生前曾对我说过一些预言式的话。比如，1986 年，朴老和我奉命陪班禅大师乘空军专机赴尼泊尔公干。专机机场在大机场的后面。当我同李玉洁女士走进专机候机大厅时，朴老对他的夫人说："这两个人是一股气。"后来又听说，朴老说：别人都是哭着走，独独季羡林是笑着走。这一句话给我留下了很深的印象。我认为，他是十分了解我的。

现在就来分析一下我对这一句话的看法。应该分两个层次来分析：逻辑分析和思想感情分析。

先谈逻辑分析。

江淹的《恨赋》最后两句是："自古皆有死，莫不饮恨而吞声。"第一句话是说，死是不可避免的。对待不可避免的事情，最聪明的办法是，以不可避视之，然后随遇而安，甚至逆来顺受，使不可避免的危害性降至最低点。如果对生死之类的不可避免性进行挑战，则必然遇大灾难。“服食求神仙，多为药所误”。秦皇、汉武、唐宗等是典型的例子。既然非走不行，哭又有什么意义呢？反不如笑着走更使自己洒脱、满意、愉快。这个道理并不深奥，一说就明白的。我想把江淹的文章改一下：既然自古皆有死，何必饮恨而吞声呢？

总之，从逻辑上来分析，达到了上面的认识，我能笑着走，是不成问题的。

但是，人不仅有逻辑，他还有思想感情。逻辑上能想得通的，思想感情上未必能接受。而且思想感情的特点是变动不居。一时冲动，往往是靠不住的。因此，想在思想感情上承认自己能笑着走，必须有长期的磨炼。

在这里，我想，我必须讲几句关于赵朴老的话。不是介绍朴老这个人。“天下谁人不识君”。朴老是用不着介绍的。我想讲的是朴老的“特异功能”。很多人都知道，朴老一生吃素，不近女色，他有特异功能，是理所当然的。他是虔诚的佛教徒，一生不妄言。他说我会笑着走，我是深信不疑的。

我虽然已经九十五岁，但自觉现在讨论走的问题，为时尚早。再过十年，庶几近之。

2006年3月19日

图书在版编目（CIP）数据

一蓑烟雨任平生 / 季羡林著 . —厦门：
鹭江出版社，2016.11 (2019.2 重印)
ISBN 978-7-5459-1230-2

Ⅰ. ①一…　Ⅱ. ①季…　Ⅲ. ①散文集－中国－当代
Ⅳ. ① I267

中国版本图书馆 CIP 数据核字（2016）第 244824 号

咪咕数媒 联合策划

YISUO YANYU REN PINGSHENG
一蓑烟雨任平生
季羡林 著

出版发行：鹭 江 出 版 社
地　　址：厦门市湖明路 22 号　　邮政编码：361004
印　　刷：三河市兴博印务有限公司
地　　址：河北省廊坊市三河市杨庄镇大窝头村西　邮政编码：065200
开　　本：880mm × 1230mm　1/32
插　　页：4
印　　张：9.75
字　　数：177 千字
版　　次：2016 年 11 月第 1 版　2019 年 2 月第 13 次印刷
书　　号：ISBN 978-7-5459-1230-2
定　　价：42.00 元

如发现印装质量问题，请寄承印厂调换。